VENTS FROIDS

Histoires de l'Altiplano bolivien

VENTS FROIDS

Histoires de l'Altiplano bolivien

Olivier Magnier

© Éditions Hélène Jacob, 2015. Collection *Littérature*. Tous droits réservés.
ISBN : 978-2-37011-267-5
Éditions Hélène Jacob – 13 Impasse Victor Gesta – 31200 Toulouse
Imprimé par Create Space – États-Unis
14,90 €
Dépôt Légal Janvier 2015

Design couverture : Jérémy Calli
Photographie : Geneviève Laffitte

La ville des pentes

1

L'homme, à l'instant même où il entra dans la voiture, sortit son arme, la glissa entre l'appui-tête et le dossier, dans le creux de la nuque.

Il faisait froid ce matin-là et les rues semblaient vides, pour des raisons qui échappaient à René. Le canon voulait se visser à son cou, pointait la base du crâne et il en sentait le métal froid, percevait l'imminence possible de la déflagration. Tout d'un coup, la mort devenait envisageable, mais venait sans qu'on la voie de face. Mieux valait ne pas regarder dans le rétroviseur, la détonation pouvait partir, un coup d'œil dans les yeux de l'autre lui être fatal. À moins que ce type ne soit pas assez fou pour l'abattre dans son taxi en plein midi et en pleine rue. Que ferait-il, après tout, s'il l'abattait ? Rester tout bête sur la banquette arrière avec pour compagnon un macchabée à la place du chauffeur et des curieux qui viendraient voir par les vitres pourquoi elles étaient maculées de sang ? Ce type qui vissait son arme sur sa nuque sentait de toute façon l'homme calme, le type qui se raisonne, qui ne déraille pas – René s'en persuada.

Puis il se demanda ce qu'il lui restait à faire. Pouvait-il sortir dans la rue, hurler qu'on venait de le prendre en otage ? Et si le type, malgré ce calme apparent, virait au forcené et, au lieu de nier dignement, lui mettait une balle dans la tête avant de s'enfuir dans la foule affolée, introuvable à jamais ? Y aurait-il un moment pour tenter quelque chose, sortir de la voiture et courir éperdu dans les rues, se retourner et lui prendre son arme le temps d'un éclair pour le ramener les mains en l'air à la police ? Un moment pour mettre sa ceinture, appuyer à fond sur l'accélérateur et précipiter sa voiture contre un poteau électrique en ciment pour que le passager s'y écrase ? Mais, à chaque projet qu'il imaginait, René retombait sur la même évidence – un coup de feu pouvait partir, une odeur de soufre pulvériser sa tête.

René roulait en taxi depuis dix ans, la grille de la ville lui était familière et le labyrinthe de certains quartiers n'avait plus de recoins qui lui soient obscurs. Alors il conduisait, nonchalant, et sa voiture glissait toute seule, lancée, si bien qu'il lui semblait parfois ne plus conduire. Il tenait le volant d'une main lâche et regardait par la vitre ouverte.

Quand il travaillait tard le soir, ses yeux tendaient son visage. Un soir, deux types étaient montés, avaient gardé le silence jusqu'à ce que l'un d'eux lui passe un fil de fer autour du cou et le serre pendant que l'autre lui faisait les poches. Les agresseurs l'avaient étouffé jusqu'à l'évanouissement avant de s'enfuir. René se disait qu'ils lui avaient épargné la vie à dessein, qu'ils avaient voulu seulement protéger leur fuite, mais le sentiment suspendu qu'il éprouvait se muait en question : *pourquoi m'ont-ils laissé entre la vie et la mort ?* « Le chien » lui donna la réponse. *C'est que ni l'une ni l'autre n'a d'importance.* Il gardait de ce jour la marque d'un collier boursouflé de peau fraîche et rose autour du cou. Avec les clients du crépuscule et de la nuit, il avait l'œil dans le rétroviseur et y voyait comme à travers le judas d'une porte qu'un forcené pourrait défoncer d'un coup. Peu à peu, il s'exerça le regard, apprit à les reconnaître plus vite et mieux, à voir de loin les yeux bizarres, les mines suspectes, les lèvres tendues, l'appel incertain… Ceux-là, il les laissait au bord de la route et choisissait de recueillir les épaves silencieuses, hébétées, éreintées par le rhum et le *singani* des boîtes de nuit ou des bars à putes. Leurs ronflements ou leurs yeux perdus apaisaient René et lui donnaient le sentiment qu'il conduisait en errant dans la nuit.

Car René savait devenir lointain.

Avec ses amis, il cultivait une distance qui l'amenait souvent à regarder par la fenêtre quand il buvait un coup avec eux. Alors son regard revenait à eux, distraitement, comme pour être poli, mais il les distinguait de loin, embrumé, et les regardait faire et dire sans participer ni juger. Il se bornait à constater certains traits de caractère et donnait des surnoms, comme « Le chien » dont il avait affublé un de ses collègues de travail, râleur et agressif. « Le chien », disaient quelques autres, ne se lavait jamais et, comme ses clients ne le savaient pas avant de monter, ils entraient et restaient parce qu'il n'était pas facile d'en faire une histoire et que « Le chien » le savait ; il roulait tranquille.

De la famille de René, on ne savait pas grand-chose. Il n'invitait personne sous son toit pour garder sa vie privée secrète, qu'on n'ait pas d'armes contre lui : la modestie de sa maison devait rester cachée ; les rondeurs de sa femme, inconnues.

Jimena n'était pas très belle, mais il le déplorait dans le vague, sans se l'avouer fermement, pour ne rien troubler. Il tenait à sa femme parce qu'elle était accueillante et que les murs de leur maison répercutaient sa chaleur. René aimait coucher avec elle, mais il ne savait plus si c'était par habitude ou par amour. Et il la prenait – quand l'envie venait, mêlée de gratitude – sous le regard caché de ses enfants qui dormaient non loin dans la même pièce et qui recevaient dans l'ombre, les yeux écarquillés, fascinés et dérangés, le spectacle.

Ces gamins, il y tenait comme à la prunelle de ses yeux et regrettait de ne pas les voir un peu plus que certains dimanches où il se laissait prendre par la fatigue et le silence, un peu plus aussi que tous les soirs où il rentrait à 22 heures et s'arrêtait pour les regarder dormir quelques secondes avant de s'abattre dans un grand ronflement. Comme Jimena, il n'aimait pas les voir dehors : l'éducation, c'était important, ses mômes ne se feraient pas manger par la rue vorace et dure où les gamins qu'elle avait avalés restaient parfois assis par terre à regarder passer des roues et des jambes, le regard embué par les prises de colle.

— À droite, lui dit le bonhomme.

René tourna la tête, la remua, et la voiture s'enfonça dans une rue qu'il n'avait pas l'impression de connaître, une pente raide pavée de pierres où montaient par évaporation des fumerolles que la clarté du matin révélait. Les rues avaient été lavées à grande eau, les odeurs de poussière emplissaient l'air, la terre fraîche fumait sous les coups d'une lumière franche.

En réalité, il n'y avait rien qui prédisposait au drame.

Les roues accrochaient encore difficilement le pavé humide et René dosait son accélération pour ne pas perdre en adhérence. Les maisons du quartier dressaient leurs murs maigres de briquette orange, couverts de tôle ondulée, rouillée parfois, mosaïque en cascade sur des terrains si inclinés que, de tout cet ensemble, l'équilibre paraissait tenir du miracle.

— Arrête-toi là. Attends-moi, je reviens.

L'esprit de René fut effleuré par une idée bien naturelle, mais le type coupa court :

— Si tu te sauves, j'ai ton numéro de plaque, pense à ceux que tu aimes...

La portière claqua, il tourna les talons et marcha rapidement vers le portail de la maison située en face. René se relâcha, s'enfonça dans son siège et ses idées.

Il aurait fallu savoir où l'emmènerait toute cette histoire. Si, pour être sûr qu'il ne parle pas, on n'allait pas le jeter du haut de trois cents mètres dans les Yungas, que tout sous sa peau, dans son corps, à l'atterrissage, devienne bouillie et que la jungle le dévore en deux jours. De l'agresseur il n'avait pas vu le visage et il allait maintenir la tête baissée, ne jamais croiser son regard. Ceux qui avaient commis l'imprudence de lever les yeux sur leurs kidnappeurs les avaient parfois eus crevés à coup de poinçon pour qu'ils ne puissent plus rien reconnaître. Ceux-là allaient maintenant à tâtons dans la ville et croyaient parfois entendre, au milieu des voix de la rue, l'écho de celle de leur bourreau.

Alors, le regard planté dans la perspective que dégageait la rue, René eut un sentiment de scandale. Lui, après tout, avait toujours été honnête, en s'arrangeant quelques fois, c'était vrai, quand il y avait des économies à faire, mais jamais rien de grave ou en tout cas rien qui puisse l'amener au tribunal ou sur les pages du journal. C'étaient juste des rapines d'occasion qu'il commettait en opportuniste pas pressé. Alors quoi ? Comment la vie pouvait-elle décider pour lui d'une rencontre pareille ?

René était au volant, les mains sur les cuisses et regardait devant lui sans comprendre. Puis il entendit les pas de l'autre qui claquaient sur le perron de l'entrée et tourna la tête. Il l'observa à la dérobée. La lumière de midi écrasait son chapeau et ne laissait voir son visage que du menton jusqu'au bas du nez. Les yeux étaient dans l'ombre, mais sa bouche était bien visible, strictement serrée, fermée. Elle avait des faux airs de sévérité et tous les plis de la préoccupation.

— Va à l'aéroport, lui dit le bonhomme en s'asseyant.

Le type n'avait pas ressorti son arme, mais sa présence rôdait dans la voiture. René mit le contact, passa la première et entama sa descente.

Il était 14 heures et la lumière ne brillait plus pareillement. Elle avait perdu de sa sécheresse. Déjà on sentait en elle les douces courbes du soir et la sérénité du crépuscule. Le rythme cardiaque de René, au plus haut depuis quelque temps, retrouva une cadence normale. Au Prado, il prit à droite, fut ralenti à la Pérez et s'engouffra sur l'Autopista presque à fond de quatrième. La ville paraissait s'élargir et cette vision toujours plus englobante au fil de la montée réjouissait René, il avait l'impression de s'élever confusément au-dessus des choses.

Arrivé à l'aéroport, il se gara devant l'entrée du bâtiment. L'homme, après avoir glissé quelques mots à son oreille, en descendit sans retard et René repartit sans réclamer son dû.

La voiture redescendit de l'aéroport et s'approcha du creux de l'entonnoir que forme la ville, où les maisons se resserrent et la vue se rétrécit pour entrer dans le détail des rues et des gens qui passent. Il était 15 h 30 et la Pérez grouillait, noire de monde. L'effervescence se propageait.

René s'arrêta au feu et vit traverser, lentement, une femme grande, brune, une vraie apparition. Il approcha sa tête du pare-brise pour la regarder et s'imaginer, le temps qu'elle passe, ses jambes enlacer son corps, sa main passer sur sa nuque. Alors le feu se remit au vert et René redémarra au pas, les yeux encore éclairés par cette longueur de traîne que laissent les créatures aux accents de comète, au fond des pensées. Ce fut d'ailleurs la sensation de cette poudre lumineuse au fond du ciel noir qui fit voir à René que cette femme était de celles qui, de temps à autre, remontent dans le souvenir avec la légèreté de l'air…

Puis il n'y pensa plus.

Son taxi venait d'arriver à l'agence. Il y avait le standardiste radio, « Le chien », qui buvait une bière et Pablo, un gros bedonnant trop rieur pour que René s'en approche vraiment. Au moment où il entra, « Le chien » se plaignait d'un collègue encore plus chien auquel il avait avancé un argent qui n'avait pas reparu depuis. René fit une pause sur le seuil.

— Salut.

— Salut.

Ils répondirent d'une seule voix.

René se dirigea vers les toilettes et alla se soulager de ce qui le tourmentait depuis plus d'une heure. De retour dans la pièce d'accueil, il s'assit dans un fauteuil et entendit Pablo lui demander :

— Comment ça va, t'as fait une bonne journée ?

— Oui.

Comme d'habitude, à ce genre de questions, il répondait « oui » pour entretenir son humeur. Mais cette fois Pablo, pris d'une intuition subite, le poursuivit.

— T'as l'air bizarre.

René préparait quelque chose intérieurement et mit fin au dialogue en faisant non de la tête.

À côté, « Le chien » remuait. « Le chien » avait le regard sombre et la colère régulière. Il souriait rarement et riait encore moins. Peau pleine de crevasses, nez énorme et sourcils sans poils, « Le chien » savait ce que vivre en sachant qu'on est laid veut dire. Sa forte gueule souvent maudissait ceux qu'elle croisait. Les autres se méfiaient de lui et riaient sous cape de ses coups de sang. René, pour revenir à sa voiture, passa à côté de lui et le vit hocher la tête pour lui dire au revoir.

Il roulait en seconde, regardait les rues se croiser, monter, descendre, s'incurver. Les visages se succédaient les uns aux autres, des passants dont il trouvait le regard ou non. Deux lui semblèrent connus, ravivant le souvenir de faces croisées dans l'épaisseur des années passées au volant. Cela lui arrivait et rendait la ville familière : de temps à autre, il retrouvait par hasard sur son chemin, aux angles de rues ou sur le pavé chaud, des gueules aux traits indélébiles. Sur les hauts de Miraflores, à un carrefour où la foule se pressait dans le couchant, il se retrouva à côté d'une voiture. Elle klaxonna. René mit plusieurs secondes pour entendre et tourner la tête. Quand il vit « Le chien » lui montrer quelques dents, il baissa sa vitre et ils se saluèrent. « Le chien » fit voir un billet de cent bolivianos en levant la tête d'un signe d'interrogation.

— J'ai pas de monnaie.

— Quelle merde, tout ce trafic, non ?

René haussa les épaules et approuva. Le feu repassa au vert, « Le chien » lâcha l'embrayage, fit crisser les pneus et s'éloigna dans la rue où s'allumaient quelques devantures.

René arriva chez lui. Les réverbères projetaient depuis plusieurs minutes une lumière orange qui se reflétait sur les murs. Un peu de vent semblait s'abattre au rythme de la nuit et la poussière qui volait poussa un chien vers le bas de la rue. Le froid, plus pinçant, surprit René quand il sortit de son taxi. Il s'emmitoufla dans son blouson noir et réunit ses bras contre son corps, ouvrit le portail qu'il bloqua avec des pierres. Il entra dans la pièce en grelottant et, après avoir fermé la porte sans trop faire de bruit, se frotta les mains. Il dit un mot à Jimena qui lui répondit par une moue indéchiffrable, et se dirigea vers les enfants qui reçurent leur baiser, les yeux rivés à la télé.

Jimena faisait la cuisine. René, accoudé à la table, repensait à sa journée. Il cligna des yeux, son corps se tendit, l'image intérieure qu'il poursuivait passa au révélateur du hasard et il vit apparaître, de nuit dans un quartier vague, une maison perdue. Le dos tourné, Jimena sentit des remous dans le cœur de son mari, mais ne demanda rien. Il parlerait forcément. À table, on fut silencieux et René, qui avala sa soupe d'un trait, alla lire le journal dans un fauteuil. C'était un numéro d'*Extra* qui expliquait dans les détails comment un homme saoul avait battu sa femme au point de lui transformer la tête « en *chirimoya* ». La femme avait succombé à ses blessures, mais l'homme s'était consolé de sa perte en s'en prenant à sa fille, violée. René la voyait sur le croquis, ébouriffée, les vêtements en lambeaux, essayant d'arrêter son père par des hurlements qu'elle lançait les yeux exorbités et la bouche grande ouverte. L'article lu et le dessin ausculté, il referma le journal et soupira en considérant une dernière fois la photo de la *gringa* aux seins énormes de la dernière page.

Quand ils allèrent se coucher, l'horloge marquait une heure tardive. Julio et Rodrigo dormaient depuis longtemps. Dans la pièce, un silence tenace. Quelque chose allait se jouer, un pion de l'échiquier allait bouger. Jimena se laissait envahir par la vibration de la ville à travers les murs et s'endormit dans le bruit de son sang, n'espérant plus pour ce soir une confession qui viendrait le lendemain. René regardait le plafond et voyait se succéder les rues la nuit, en un virage à droite, un autre à droite encore, et puis une voiture devant qui freinait brutalement. Il percevait jusqu'à cette poussière collée au pare-brise, puis soudain, parce que le chemin l'amenait là, lui revint en images la maison où il avait déposé le type, en briques maigres, nue dans le froid. Là, une question s'était nouée et il voyait dans sa tête s'ouvrir les murs, les fenêtres, se décoller le toit. Dans la pièce, tout le monde dormait paisiblement, dans les ronflements monotones du froid, et René voyait et revoyait. Il avait, sous ses couvertures chaudes, ce soir-là, les yeux bien ouverts.

2

Esteban arriva au comptoir de la compagnie la gorge nouée par la rareté de l'air. Il avait couru et sa langue s'était enroulée autour de sa glotte. Il essaya de reprendre haleine, mais c'était sans compter les formes pulpeuses de l'hôtesse qui le laissèrent bouche bée.

Alors, entre deux bouffées d'air, après qu'elle lui eut remis son billet, il la remercia au milieu de compliments tendancieux.

On lui répondit par un sourire. Esteban ne s'accordait le luxe de l'audace qu'en compagnie des femmes. Pour le reste, il cachait ses atermoiements sous un masque de froideur lointaine qui devait servir d'avertissement et, au prix de tous les efforts, ne jamais se fissurer. C'était bien contre son gré qu'il avait dû braquer ce petit taxi trouvé là par hasard, qu'il avait dû avoir l'œil sur tout, qu'on l'avait peut-être vu, voire suivi. Mais comme le pire aurait pu arriver et qu'il n'était pas arrivé, quand il entra dans l'avion, Esteban souffla. Il s'assit à côté du hublot, regarda sa voisine, prit une revue, se surprit quand les roues ne touchèrent plus le sol et vit à travers le hublot, en s'élevant, que la terre se déployait et que l'horizon s'éloignait.

À la première bière, la langue d'Esteban se délia.

Il avait remarqué que sa voisine était habillée pour susciter le désir lentement, avec une sorte de discrétion provocante, des vêtements qui moulaient sans mouler, qui sans s'ouvrir s'ouvraient. Esteban se régalait – une sourde sensation de force, de désir montait, avec la certitude du dénouement annoncé – il l'appellerait, plongerait son nez dans ses cheveux, sentirait la chair de ses cuisses dans ses mains… – cette certitude fit qu'il se coula en douceur dans le cours des choses. Il ne lui raconta rien de ce qu'il était vraiment, un intermédiaire qui faisait parfois des livraisons à La Paz, contraint de menacer un taxi parce qu'il n'avait plus d'argent, volé ou perdu. À la place, il entonna la chanson de l'homme d'affaires pour entretenir une mythologie qui lui paraissait plus clinquante. Ce mensonge n'avait d'ailleurs rien d'injurieux pour elle. Et puis, comme il n'y pensait que pour un soir et qu'il ne serait jamais amené à faire d'aveux, elle en jouirait sans s'en vouloir.

L'avion arriva à l'aéroport de Cochabamba peu après 19 heures et la chaleur, bien qu'ayant un peu diminué, réglait encore les mouvements des gens. Esteban, après avoir ramassé l'attaché-case qui lui servait à montrer patte blanche, traversa le hall avec le numéro de téléphone de Carla en poche, se fit prêter un portable et entendit la tonalité se répéter, sonner dans le vide.

Il raccrocha, refit le numéro sans croire à une réponse.

— Allô !?

— Allô ! Horacio, c'est Esteban. Tout s'est bien passé.

— C'est bien.

Et l'autre raccrocha.

Esteban rendit le cellulaire avec une expression étrange. Plus d'argent, plus de téléphone, un type qu'il avait braqué, un type qui savait où était la maison, une livraison qui courait peut-être un risque. Il décida de rappeler pour les prévenir, se souvint en prenant le téléphone qu'à le faire il signalait son mensonge, et reposa le combiné. Il n'avait menti que par omission, mais ça n'y changeait rien. Alors il se figura la fureur d'Horacio à l'autre bout du fil, sa face contorsionnée, secoua la tête et entreprit de chasser cette idée en s'éloignant dans le hall vers une soirée avec Carla.

En raccrochant, Horacio s'étira, passa une main sur son ventre rebondi et s'assit sur un fauteuil orange à côté du bureau. Il se releva tout de suite, fit quelques pas, ouvrit le bar et en sortit une bouteille de whisky. Il se servit un demi-verre où flottaient deux glaçons et marcha dans la pièce avant de regagner le fauteuil. Assis, il se souleva pour desserrer sa ceinture, soupira en s'enfonçant dans les coussins. La première gorgée lui racla le larynx et il grimaça. La deuxième lui parut plus douce et il posa la tête sur le haut du dossier. Il tendit le bras et saisit l'interrupteur de la lampe qu'il éteignit. La journée se terminait bien, les affaires tournaient. Intérieur sombre, nuit au-dehors.

Debout devant la fenêtre, il gardait les yeux fermés. Il les ouvrit et vit au pouls du trafic qu'il était aux alentours de 19 h 30. Les lumières tapissaient les bords pentus de la ville, la nuit coulait dans son antre et refroidissait les murs. Horacio enfila sa veste, remit sa ceinture, arrangea sa cravate sans trop la serrer, sortit de son bureau, passa devant celui de sa secrétaire et s'enfonça dans les escaliers qui menaient à la rue éclairée par les phares des voitures.

René ne dormait pas encore au moment où Esteban entra dans un taxi dont il ouvrit les deux vitres arrière. Il sortit la tête aux courants d'air et ne sentit rien d'autre que l'odeur mélangée d'arbres, d'herbes chaudes, de poussière et de vallée que la vitesse du taxi rendait brise.

De grands eucalyptus où la lumière des lampadaires filtrait, tout feuillage éclairé, bordaient la rue. Une lueur orangée tapissait le mur blanchi de sa maison, alors que la porte, plus renfoncée, demeurait dans l'ombre. Au moment où il entrait la clef dans la serrure, quelques feuilles se frottèrent les unes contre les autres à cause d'un lent vent tiède qui les fit bruisser au-dessus de sa tête. Il allait prendre une bonne douche, boire une bière les doigts de pieds en éventail, appeler sa compagne de voyage.

Pourtant, sous la douche, ses sourcils se froncèrent.

Il aurait quand même mieux valu parler sans détour de ce qui lui était arrivé à La Paz pour que les autres se dépêchent. Le taxi savait où était la maison. Bien sûr que, normalement, il n'y attacherait pas d'importance : il en voyait combien, de maisons, lui, par jour ? Il ne voyait que ça, des maisons qui défilaient, où il s'arrêtait et qui devaient toutes se confondre après tant d'années. Il se récurait l'oreille droite lorsqu'il en conclut qu'il n'avait pas besoin de rappeler Horacio. Mais, comme une vague qui revient, ce je-ne-sais-quoi qui ressemblait à un doute, la possibilité infime, mais imaginable que René soit habité d'un mauvais esprit et qu'il franchisse le pas, se clouait plus profond dans l'esprit d'Esteban.

Il le savait bien, on ne pouvait jamais exclure cette dimension de l'autre sur laquelle on ne peut jamais parier vraiment. Sous cette pression de l'imprévisible, il ferma les robinets. Tout en se séchant, il se jeta dans le miroir un regard mystérieux, s'habilla, regarda par-ci puis par-là, fit quelques pas de gauche à droite, revint, chercha sa veste, le numéro de téléphone qu'il y avait mis, le trouva, le composa et attendit. Carla décrocha après quelques secondes.

— Allô ?

— Carla, c'est Esteban.

Carla – un peu surprise que le coup de fil arrive aussi vite et pour lui faire comprendre qu'elle n'aimait pas la hâte, autant que pour préparer le terrain au désir – feignit de se rappeler difficilement :

— Ah ! Oui, Esteban.

Esteban pensa d'abord que son souvenir avait pu s'échouer dans sa mémoire au milieu d'une foule d'hommes où on ne le distinguait plus. Son physique avantageux lui rappela qu'on ne pouvait pas facilement envisager cette hypothèse et il se fit impatient. L'épisode lui en rappelait un autre, un des plus obscurs de sa vie, au cours duquel une hystérique de grande envergure avait passé sa soirée à lui cracher avec détachement la fumée de son cigare au nez sans lui offrir les compensations de la chair, étendue dans une position si provocante qu'à chaque fois que la mémoire de cet événement lui revenait, elle apportait une marée de regrets amers et de rêves insensés.

Alors il parla sans détour.

— C'est moi. On se retrouve à l'angle de la España et de la Buenos Aires à 22 heures ?!

Silence, évocation d'un rendez-vous oublié qu'elle s'efforcerait d'annuler, et puis :

— 22 heures, c'est très bien.

— Très bien.

Il raccrocha, regarda dans le vide puis sa montre. Il lui restait une demi-heure pour se préparer et il retourna, le plus naturellement qui soit, vers le miroir pour lui montrer – avec un sourire grâce auquel il vérifia que ses dents n'avaient rien perdu de leur blancheur – combien sa soirée serait radieuse.

Carla respirait la féminité à ras bord, plein la peau. Esteban sentait de loin une harmonie corporelle, s'approcha d'elle en l'embrassant. Ses lèvres s'animèrent et il sentit leur rebond, bien là, dans la tiédeur de sa bouche de brune. Quand ils se séparèrent, leurs yeux se trouvèrent et ils montèrent les marches du café situé à l'angle en face. L'issue de la soirée était claire, on avait tout le temps, on pouvait se prendre les mains, se réchauffer, boire, manger et danser pour se préparer au bouquet final. Pendant le repas ils se regardèrent. Esteban se demanda ce que serait le regard de Carla noyée dans le plaisir. Au dessert, ils se racontèrent leur vie : elle, la sienne de guichetière au Banco Santa Cruz ; lui, celle d'homme d'affaires empressé. Elle n'y croyait toujours pas, mais n'y prêtait pas d'importance. Comme lui, elle ressentait une sorte d'appétit où, tous les sens en éveil, l'envie de se faire toucher et de toucher se mêle aux bouchées et au rhum qu'on sent, gorgée après gorgée, prendre pour les secouer, bouches et têtes. À la discothèque, ils dansèrent l'un en face de l'autre. Puis ils repartirent le temps d'un ultime verre et se retrouvèrent dans la rue à moitié fraîche, sous les réverbères, s'embrassèrent le long du chemin pour savourer la jeunesse retrouvée.

La porte s'ouvrit et on se retrouva dans la pièce principale puis, en une sensation de glissement, dans la chambre. Ils s'enroulèrent dans les draps, mais Esteban sentait une distance accrue : ses mouvements lui parurent mécaniques, sa tête déroulait autre chose, des scénarios improbables, et il venait et revenait en Carla l'œil ailleurs. Elle fit une remarque.

— Je suis où je peux, répondit-il.

Il n'eut cette première fois qu'une jouissance en demi-teinte puis, recouché, ouvrit les yeux et sentit dans l'ombre la menace planer plus clairement. De celles qui encerclaient quand la vie rapprochait des destins qui n'avaient pas intérêt à se croiser et dont la rencontre pouvait résonner tel un bruit de métal froissé, de nez cassé contre le volant et de mort lancée comme un appel, la tête inerte appuyée sur le klaxon.

La peur lui fit entrevoir l'accident fatal.

Esteban revoyait les battants qu'il avait poussés, la petite cour où il était entré, la voiture grise garée au fond. Puis la porte se rouvrit, une main noire et inconnue en tournait la poignée. Un homme venait, regardait, s'attardait, fouillait à droite à gauche. Ses oreilles bourdonnèrent. La question de ce qui pouvait advenir rendit son sang, dans sa tête, bruyant. Il eut le vertige, le sentiment d'une énergie, une aspiration lente et globale. Alors sa respiration devint plus régulière, il se mit sur le flanc, regarda Carla bien au fond des yeux et s'enfonça dans son lit d'amour avec elle.

3

René se réveilla la bouche pâteuse et augura mal de la journée. Le bruit de ses enfants acheva de le sortir du lit et, en les regardant partir avec leur mère, il leur souhaita bonne journée, un peu comme son père le faisait, en des temps moins incertains et moins froids. En ouvrant complètement les yeux, il vit l'image de son jeune frère dans les bras de sa mère près du fourneau, son jeune frère de 16 ans, son frère qui avait souffert quelques jours auparavant d'une crise d'appendicite qu'on n'avait pas su diagnostiquer, qu'on avait laissé au lit en pensant que ça passerait, son frère qui s'en était remis de manière si définitive qu'on allait l'enterrer dans les prochains jours. Son regard soudain vague montrait que René garderait de l'événement quelques séquelles – une tristesse profonde où le sens de la vie se perdrait, deviendrait invisible et où seul demeurerait son cours, une vie à voir passer en la méprisant, de loin.

Il se leva, avala un café, enfila sa veste dans la cour et monta dans sa Toyota dont il avait tapissé le volant d'un cuir tricolore – noir, jaune et rouge –, un cuir qui le rendait plus gros, plus épais à empoigner. René appréciait cette sensation : il avait l'impression de tourner plus facilement et conduisait, il le sentait, avec plus d'assurance. Il avait collé un autocollant à paillettes sur le haut du pare-brise, pour se protéger du haut soleil autant que pour ajouter au cachet du véhicule ; au rétroviseur pendait une effigie. Il tourna la clef, laissa chauffer un peu le moteur et arriva chez Daniel.

Daniel, méticuleux, avait l'œil patient, les mains pleines de cambouis et se les lavait dans l'essence au moment où on lui expliqua qu'il allait falloir changer l'amortisseur arrière droit parce qu'il faisait un claquement métallique sec au moindre trou, à la moindre bosse.

Il se leva, donna son poignet à René qui le serra en le secouant un peu.

— Tu veux la voiture pour quand ?

— Le plus tôt possible. Midi.

— Midi, ça va.

René lui tapa sur l'épaule et prit à pied dans la Kollasuyo vers le marché. Le soleil éclairait la rue tandis que le versant d'en face gisait encore dans l'ombre. La rue, quand il marchait, l'étreignait. Il s'y sentait pris, pieds et poings liés. Les visages se mélangeaient, tournaient autour de lui. Bien sûr la perspective de la ville changeait, elle s'élevait même à mesure qu'il descendait, des lignes de crêtes le surplombaient. Mais la rue se resserrait, restreignait ses gestes, son regard, son corps tout entier. Tout à l'heure cependant – et il se concentra sur cette idée –, il retrouverait son taxi et la ville qu'il connaissait, celle qui passait devant ses yeux avec la légèreté du souffle.

Quand il entra chez Miguel, celui-ci venait de se lever.

Homme gras, membre de la classe privilégiée des éleveurs de coqs de combat. On venait le consulter, lui demander des renseignements sur des produits, des méthodes d'entraînement. L'oracle du *barrio*. À sa charge, quelque cinquante coqs dont il assurait la préparation, chaque jour, avec l'art et la manière d'attiser chez eux une haine permanente et farouche. Avant les combats, il procédait à des injections à base de cocaïne pour qu'ils soient plus vifs et pulvérisent leurs adversaires. On ne pensait plus qu'à ça, rendre l'animal aussi fou et sauvage que l'enfer. René pensait au combat et venait faire avec Miguel les ultimes préparatifs pour peaufiner l'entraînement de la dernière ligne droite. Il n'aimait pas beaucoup que Miguel drogue les coqs, mais le sourire de la victoire promise le lui fit oublier.

Quand il sortit de chez lui, il n'était pas loin de 11 heures, une heure suspendue il ne savait où entre le matin et midi. René fit chemin vers l'atelier de Daniel. Il traversa une bonne partie du marché, vit les étalages, trouva les oranges belles, les saucisses, appétissantes et renifla les odeurs de sandwiches au porc, à la mayonnaise, aux tomates et à la *llajua*. Quand il arriva sur la Tumusla, il prit un minibus qui décrivit des courbes pour épargner le moteur et préserver l'adhérence. Les pneus, mangés jusqu'à la corde, patinaient contre le pavé lissé par l'usure et le soleil.

L'œil de René, fixé loin au-delà de l'intense activité du marché, devint rêveur à l'idée du regard que ferait son coq au moment de l'emporter. Puis l'effervescence de la rue rattrapa ses pensées et il s'attacha à un vendeur de glaces dont la voiturette, montée sur des sortes de roues de vélo, surmontée d'un parasol, jetait dans les rues un refrain de klaxon d'enfants pour attirer les bouches asséchées. Sur le trottoir, trois hommes se chamaillaient, se menaçaient d'un coup de poing, de tête ou de pied devant quelques *cholas* assises dans leur jupe et que les patates et la viande faisaient rire la bouche pleine.

L'heure de midi arriva et René sentit la faim venir. Il arrêta le minibus à un angle de rue et disparut dans une foule où l'accueillit une grosse femme qui lui tendit une *sajta de pollo*. Il avala une bouchée et vit passer devant lui un vieil homme avec des paquets de piles dans une main tendue à laquelle il fit non de la tête. Plus loin, dissimulées dans le flot de la foule, deux femmes se recouvraient le visage de leur châle jusqu'au nez et riaient, on le voyait à leurs yeux et leurs pommettes remontées.

René rendit une assiette impeccable et repartit à pied vers l'atelier de Daniel qui lui remit les clefs de la voiture.

— C'est bon.

René s'approcha du véhicule, se mit à genoux et jeta un coup d'œil à l'amortisseur qu'il tripota.

— *Muy bien.*

Et il se leva.

Maintenant il fallait travailler, rattraper l'argent perdu, renflouer ses poches. Voiture bien suspendue, René le vérifia sur les premiers pavés. Il regardait devant lui, clignait rarement de l'œil, le volant dans le creux des paumes.

Radio éteinte, loin des conversations et des appels de sa centrale, il travaillait au rythme de ce que la rue présentait, en roue libre, et s'en remettait aux mains qui surgissaient des trottoirs. Alors il épiait la masse des gens, essayait de prévoir, au milieu d'eux, qui pointerait son index. Parfois, René se sentait prisonnier de l'attente, surtout si elle durait. Quand il embarquait un passager, se déroulait dans sa tête le chemin qui menait à destination et son esprit reprenait les détours de ses pensées. Alors, à un feu rouge, un type en costard avec des lunettes décrocha du trottoir, se pencha vers la vitre avant et dit :

— Avenida Arce.

Il grimpa derrière. René le balaya du regard dans son rétroviseur intérieur : l'air de la cinquantaine avec des responsabilités, et journal en main. René lui envia son portefeuille. Sa cravate bleue et rouge et sa chemise ne venaient pas du marché, mais d'un magasin du centre ou de la zone sud. Chic. Pas le type de notable qui joue aux riches tout en s'habillant dans les étalages du marché. Un vrai riche, sans aucun doute.

L'autre ne dit rien, hormis un commentaire désabusé sur la radio qui diffusait une nouvelle traitée de façon partiale selon lui. Son cellulaire sonna et René l'entendit parler, sans y penser, d'amis péruviens et d'un Marcelo.

Quand il remonta de la Arce, il prit à droite au pont des Amériques, se donna de l'air et de la hauteur. Le pont, haut suspendu, vertigineux, lui donnait l'impression de rouler dans le ciel. Il arriva à Miraflores comme tiré d'une somnolence. La rue reprenait son cours et les piétons traversaient à chaque instant, souvent sans prévenir. La voiture ne développait qu'une ombre courte. René se disait qu'il attendrait le crépuscule pour se rapprocher de la maison. Le jour déclinerait, la nuit rendrait informes les silhouettes des rares passants. Le chemin s'ouvrirait. *Les gens qui se promènent la nuit dans les rues, se dit René, ont toujours quelque chose d'effacé. Soit ils recherchent la solitude, quelques états d'âme, et ils glissent sur l'ombre de tout. Soit ils n'ont que l'ombre en tête, les visages indiscernables, un danger qui ne saurait prévenir, et ils marchent tête baissée.* Il était difficile, à vrai dire, d'avoir une relation de confiance absolue à la nuit.

Cela durait depuis toujours, mais René, ce soir, l'attendait comme une complice.

À Plaza Uyuni, il monta vers la Sucre. Dans un présentoir vitré portatif contre le mur d'une bâtisse s'amoncelaient des morceaux de poulet doré sur des assiettes en plastique rouge. Le trafic s'interrompit, un bouchon s'était formé, deux types s'étaient accrochés, René s'en aperçut un peu plus loin. Il remonta par une autre rue, se gratta la nuque. Le ciel ne bleuissait plus qu'à peine et, en quelques minutes, la nuit se fit totalement. Les nuages qui traversaient l'air au-dessus de la *ceja*[1] prenaient la couleur des lumières de la ville. René s'engagea à droite dans une rue sombre dont il ne connaissait pas le nom et qui montait. La nuit était froide et paisible, il le sentit une fois la vitre ouverte. Devant lui la rue se rétrécissait et devenait escalier jusqu'au niveau de la *ceja* où il ne voyait que du ciel. Il ressentait le canon vissé sur son cou, le métal de l'arme avait marqué sa peau d'une trace froide. La voix du type qui lui dictait le chemin résonnait en lui. Il vit la rue, se sentit loin de tout, suspendu et serein.

Plus tard, il gara sa voiture, éteignit les phares et jeta un œil alentour.

Un ballon passa juste à côté de sa portière, suivi d'un enfant qui dévala la rue pour le rattraper. Il y eut quelques rebonds dans la poitrine de René. L'enfant descendit loin, il le suivait du regard et perçut dans la pente opposée de la ville une tranchée d'ombre creusée dans les à-pic orangés. Les lumières du cratère qu'elle formait paraissaient s'entasser à la verticale et de certains endroits, comme dans cette rue d'en haut, l'autre côté de la ville formait une immense façade.

Puis un coup de froid passa à travers les vitres et René se souvint de la cigarette qu'un client lui avait donnée. Il la sortit de sous la couverture posée sur le tableau de bord, la fuma, immobile et vide dans son regard. Il avait logé sa voiture dans un renfoncement où l'ombre dissimulait le numéro de téléphone qui était écrit en gros et en gras sur la portière. Il

---

[1] Littéralement, « sourcil », image pour désigner l'arc de cercle que forme le long point de fracture géologique entre l'Altiplano (à cet endroit, la ville d'El Alto) et La Paz qui se creuse en pentes fortes.

soufflait la fumée à bouffées pleines et le taxi s'en remplit à tel point qu'on ne le voyait plus. Il regardait la porte noircie de la maison au pied de laquelle dormait un chien. Son regard zooma et scruta chaque détail, chaque angle du mur. René s'efforçait de pressentir les choses, cherchait le moment propice, guettait l'impulsion qui lui ferait sauter le pas de sa peur. La rue avait noirci. Le chien se leva, flaira les alentours et partit. Son instinct le guida vers le bas de la rue où il trouverait un peu plus de monde et des restes de viande sur des boîtes en carton. Quand René ne distingua plus que la silhouette de l'animal, il comprit que c'était l'heure. Sans chien, pas d'alerte, pas de gens qui se réveillent, pas de problèmes. Son sang ne fit qu'un tour. René mit la main sur la poignée, l'actionna au moment où, dans le clic métallique, à l'angle de la rue, passa une dame qui monta vers lui. Il la regardait cheminer, partagé entre le soulagement de ne pas avoir à traverser la rue et la peur qu'elle le voie quand elle passerait à côté. Il referma sa portière sans bruit. La vieille dame progressait lentement, marchait voûtée par l'âge et la rareté de l'air.

René fit le dos rond.

Si leurs yeux se croisaient, ce serait mauvais signe. Il frissonna, puis du fond de sa tête prit naissance un mouvement qui l'amena, pour conjurer sa peur, à la fixer. Il cherchait la vieille du regard, il essayait de l'aimanter. Mais elle passa près de la voiture tête baissée, ses rêves étaient trop profonds.

Quand elle disparut du rétroviseur, René rouvrit sa portière et marcha en direction de la maison, attiré, poussé, guidé à mesure que les formes de la porte devenaient distinctes. Ses yeux s'écarquillèrent et son regard s'agrandit. Il considéra vite les alentours en se collant contre les battants qu'il poussa. L'ensemble résista. René essaya une de ses clefs, secoua le tout en essayant de la tourner. Quand il eut atteint le niveau maximal de bruit qu'on pouvait tolérer à une heure pareille dans ce genre de quartier – avant que des têtes sortent des murs et regardent, penchées dans la rue –, il prit à droite de la maison et chercha une fenêtre, large, qui ne résista pas longtemps – il put s'engouffrer.

Dans l'intérieur obscur, il s'accroupit pour écouter si des pas faisaient écho aux siens, épier le mouvement des ombres. Ses yeux s'accoutumaient à l'obscurité et il put distinguer des formes, des profils de chaises et de tables se dessinèrent, taches plus sombres sur le fond de demi-clarté qui commençait à se faire. Par une porte ouverte, il entrevit une pièce où la lumière était plus claire. Un réverbère de la rue donnait sur la fenêtre et peignait dans l'air poussiéreux et sur le sol une trace orangée. René s'y dirigea en essayant de ne pas se cogner et, lorsqu'il entra, il trouva.

Au fond d'une armoire, sa main toucha une valise qu'il sortit et qu'il regarda longuement.

Il fit glisser la fermeture éclair. Bouche ouverte, il referma le bagage, le souleva et rejoignit la fenêtre, vérifia au dehors que le chemin s'ouvrait, libre. Il sauta, se tordit un peu la cheville et se faufila jusqu'à son taxi, puis déposa la valise dans le coffre. En voiture, il y eut quelques instants d'immobilité. Sa décision était folle, le cours des choses pouvait changer en tous sens. Le temps remuait et René entendait dans ses veines comme une rumeur électrique. Il tourna la clef, le bruit du moteur recouvrit celui de son corps, il passa la première et disparut au carrefour.

René roulait depuis une demi-heure et de plus en plus lentement, à mesure que le gagnait la certitude de n'être pas suivi. La ville tourna sur elle-même et s'immobilisa dans son esprit. Il avait beau rouler, tout semblait statique : les maisons, les rues, les immeubles embrumés dans un silence de paralysés. Des nuages s'annonçaient sur certaines crêtes et le froid vidait les rues de ses passants. Il s'arrêta, descendit, marcha quelques mètres et reprit le chemin de sa voiture. Le contraste ne servit à rien, René enfilait les rues avec la même impression d'immobilité. Tous sentiments de revanche sur la vie ou de vengeance à l'égard du type qui l'avait séquestré s'étouffèrent sous la peur. Ces pressentiments d'ennuis désastreux le ramenèrent à la maison orange posée dans la nuit dont les fenêtres battaient dans le vent. René se demanda ce qu'il avait fait, le regard décollé des choses, se répondit sans mots qu'on verrait bien. L'air frais qui passait par la fenêtre et le vent chaud du radiateur se mêlèrent et soufflèrent dans la voiture comme une tiédeur. Sous le ciel pur, René retrouva le pouls de la nuit. Sur le trottoir de gauche un groupe l'appela, il ralentit, examina les mines, fit non de la tête et partit. Il emmena un couple à Villa Copacabana et René écoutait la conversation dont ne lui venaient que des fragments à travers la rumeur de la voiture et de la ville en mouvement. Ils parlaient bas. Il passa l'œil sur le rétroviseur, les mains se joignaient, passaient sur les corps. Un rire étouffé.

— C'est de quel côté, vous m'avez dit ?

Autre rire étouffé, puis :

— Au terminus du 253.

Ensuite ce fut plus calme, des paroles tendres, des serments empressés. Au terminus du 253, ils voulurent négocier le prix. René appela sa centrale, donna les coordonnées de la course et attendit.

— Quinze bolivianos, quinze.

Et René répéta :

— Quinze.

On le paya. Il descendit vers le centre par une avenue longue dont la déclivité douce permettait de rouler au point mort, moteur éteint. La pente s'accentua, il fallut freiner davantage, René enclencha la troisième et lâcha l'embrayage.

Il arriva un peu plus tard chez lui au ralenti, évitant les ornières de la dernière pluie à grands coups de volant et s'arrêta devant le portail qu'éclairaient ses phares. Il ouvrit, se gara, referma et, deux minutes plus tard, se glissa contre sa femme, surprise de lui trouver l'haleine dégagée. Il ne lui dit presque rien, sentait son cœur. Jimena perçut des vibrations et posa sa main sur le ventre de René qu'elle caressa. Il se retourna et l'embrassa, plus frémissant que d'habitude. Les enfants restés chez la grand-mère, on pouvait faire l'amour le lit ouvert. Dans son regard s'ouvrit une brèche par où passa un flux de vie sans frein et il entra dans sa femme qui le réchauffa tout entier. René lui fit l'amour, ce soir-là, avec une patience qu'elle ne lui avait jamais connue.

4

L e lendemain soir, Horacio décrocha le combiné et attendit quelques sonneries avant qu'Esteban, que l'ennui du matin avait réveillé, décroche.

— Où est la livraison ?

— Je l'ai laissée à l'endroit habituel, la livraison.

— Elle n'y est pas.

— Comment ça, « elle n'y est pas » ?

— Tu m'as bien entendu.

— On est venu voler ?

Reniflement au bout du fil.

— À ton avis ?

Silence.

Esteban se gratta la tête. Il s'indigna et ensuite :

— J'ai laissé la livraison à l'endroit voulu, je ne peux rien dire de plus.

— Qui d'autre connaît cet endroit ? Qui d'autre que toi, moi et Alberto ?

Esteban évoqua le type venu là par hasard, qui embarque le tout sans se rendre compte...

— Sans se rendre compte ? Un petit voleur de quartier qui passerait par hasard et qui embarquerait une pleine valise sans se dire que c'est trop gros pour lui ?

Horacio sentit l'écho acide du mensonge.

Esteban s'en rendit compte, il entendit un second reniflement. Alors il lui expliqua, parfois interrompu par des remarques déshonorantes, qu'il avait dû braquer un taxi pour se rendre à la maison parce que sa carte bancaire avait eu des ratés et que des policiers s'étaient faits pressants, qu'il avait déposé le paquet à l'endroit voulu, que le taxi l'avait ramené à l'aéroport et que bien sûr, peut-être, le chauffeur pouvait… mais c'était impossible, sachant que…

— Prends le premier avion.

Esteban raccrocha, s'imagina le masque figé d'Horacio.

Le jour d'avant le rattrapait alors qu'il avait presque réussi à l'enterrer. Il avait en quelque sorte oublié les événements, raisonné ses craintes en leur parlant contre la peau de Carla, et voilà qu'il fallait prendre l'avion. La froideur de son ton, sa musique intransigeante et grinçante figèrent un temps Esteban. Quelque chose venait de crever l'air.

Parce qu'Horacio avait le sens du tragique, la peur d'Esteban prit tous les visages. Il s'en voulut de ne rien avoir anticipé, de s'être laissé prendre par accident. Puis il s'en prit au voleur. Pourquoi le type ne l'avait pas envoyé se faire voir ? Qu'est-ce qu'il aurait fait, lui ? Il l'aurait abattu, en pleine rue, au milieu de tout le monde ? Et ensuite ?

Face à la vanité de l'argument, il soupira puis se demanda si ce taxi pouvait avoir fait le coup, si c'était pour se venger, par goût du risque, de l'argent, ou par inconscience. En tout cas, si ce n'était pas lui, alors qui d'autre ? L'hypothèse du vol hasardeux sentait l'improbable. Un coup tordu des concurrents ? Non. Mais si c'était le taxi, alors pourquoi ? Les pensées d'Esteban se nouèrent.

Horacio, lui, voyait se profiler des ennuis d'argent et de relations. Il fit quelques pas et, pour dissiper l'humeur âcre de sa tête, se posta devant la fenêtre.

Esteban ne pouvait pas l'entourlouper, il gagnait bien, aimait trop son lit, la fête, pas assez d'ambition… On pouvait par contre envisager une maladresse. La preuve, cette histoire de taxi, cet abruti qui perd sa carte, qui se fait repérer, qui ouvre son chemin au klaxon, roulant à tombeau ouvert… Il faudrait trouver ce taxi…

La sonnerie retentit de nombreuses fois – dans le vide.

— Alberto ?

— Il n'est pas là… C'est Mario.

— Où est-il ?

— Je ne sais pas. Il a dit qu'il repasserait au bureau dans une heure.

Alberto rappellerait.

La Paz s'étendait loin derrière la vitre. Les voitures coulaient nombreuses, parsemées de taxis qui se signalaient par leurs panneaux lumineux accrochés au toit et dérivaient comme des troncs au milieu d'un fleuve. Des gens passaient de tous côtés, Horacio scrutait les visages. Puis la ville prit une couleur fauve et quelques klaxons sonnèrent. La nuit s'accrut et il vit les gens s'effacer derrière leur ombre. Il remettrait la main sur son bien. À cet instant, au fond de ses yeux qui regardaient la ville allumée, il y eut comme un incendie. Là, dans le fouillis de rues et de maisons qu'il voyait d'en haut, ils trouveraient le coupable. Il y était forcément, où va-t-on, avec une valise de dix kilos ? À cette pensée, Horacio se refroidit. Le type qui avait fait ça avait voulu jouer, mais avait perdu et connaissait le prix qu'on paye quand on perd à ce type de jeu. Il vit la corde à laquelle le voleur venait de pendre son cou et qui le serrerait. Désormais, le cours des choses ne pouvait s'inscrire autrement et lui n'était là que pour en exécuter la sentence. Cela le rendait serein.

Au bas de la rue, il s'engouffra dans le premier taxi. Le chauffeur, loquace, demandait toutes sortes de choses auxquelles il répondait entre les dents. L'autre était originaire d'Achacachi. Des policiers avaient été tués dans son village par des paysans qui les avaient criblés de pierres et les avaient dévorés.

— Nous, on est comme ça. On se laisse pas embêter.

Horacio sourit, ce que le chauffeur vit dans le rétroviseur. Celui-ci éclata de rire.

— Même les Espagnols n'ont pas pu nous soumettre.

Il y eut un silence et Horacio retourna à ses rêveries, bercé par la masse des passants du Prado, la vitre ouverte pour dissiper l'odeur du chauffeur qu'il trouvait forte. On était vendredi et il lui demanda de passer par la Mexico où pendaient quelques néons de bordels. Il les regarda dans le vague, se vit sur un canapé rouge, entouré de brunes, les yeux perdus dans des scènes de justice. Le chauffeur regardait lui aussi les enseignes lumineuses et rêvait de ces intérieurs qu'il imaginait chauds, capitonnés et parcourus de nuées de poules aux longues jambes et décolorées, loin des putes qu'il se payait à Villa Fatima derrière un rideau pendant que d'autres faisaient la file, assis sur des bancs, les mains jointes.

Horacio descendit un peu au-dessus du niveau de son immeuble et s'y engouffra. Son employée, une vieille grand-mère aymara à moitié sourde lui ouvrit et s'effaça derrière la porte pour lui céder le pas.

À table, sa femme lui parla. Elle prit la serviette dans son assiette et la posa sur ses cuisses quand l'employée apporta la soupe qu'elle fit suivre sans tarder d'un plat de viande en sauce. Le repas fut bref, on passa en revue les amis et les résultats scolaires des gosses. La domestique passait un coup de chiffon sur les robinets en attendant le moment de débarrasser. Il n'y avait plus de café. Horacio l'envoya en chercher à la boutique d'en bas. Il rappela Alberto et on s'entendit sur la marche à suivre. Il discuta ensuite un peu avec les gosses, lança deux trois blagues et les envoya se coucher. L'employée leur emboîta le pas et lui, les voyant partir dociles et silencieux au lit, éprouva une sorte de gratitude.

Il n'était pas encore très tard. Horacio discutait avec Juan Carlos et Victor, whisky en mains. Quelques politiques ou comptables aux tables d'à côté s'imbibaient petit à petit, les langues gonflaient comme l'éponge. Ça parlait haut et fort, et les rires qui partaient au-dessus des cravates fendaient l'air.

— Yaaaahh !

Le rhum et le whisky rendaient les têtes vaporeuses et Juan Carlos montra une enveloppe de cocaïne sous la table. On déclina l'invitation. Pour Horacio, faim de vie et faim de mort ne se confondaient pas. Cette face radieuse de l'avenir qui se dessinait le nez plein portait pour lui le masque de la mort qui avance. Au fond, Horacio se voulait sportif. Il remit sa cravate et tous sortirent du bar pour monter dans un taxi qui les emmena à un bordel de la 20. Une porte sombre s'ouvrit sur un gros type qui les laissa passer après avoir sorti la tête pour jeter un coup d'œil à la rue.

Une femme en tenue élégante les accueillit par des compliments. Ancienne prostituée, elle avait fini – par lassitude autant que par un souci naturel de dignité à son âge, disait-elle – par ouvrir sa propre maison. Les trois compères regardèrent autour d'eux, jugeant du balancement des hanches, du rebond des fesses et de la longueur des doigts. Ils en appelèrent quelques-unes.

Tania, à peine assise à côté d'Horacio, lui raconta avec un accent de Santa Cruz très marqué qu'elle venait du Brésil. Elle regarda ses dents, lui dit qu'elle les trouvait belles, et on lui répondit par un sourire. Ça marchait bien. Elle lui caressait les cuisses nerveusement, il la fit ralentir, l'excitation devait monter lentement, en même temps que le whisky. Juan Carlos racontait des histoires drôles à sa compagne du soir et en riait plus qu'elle. Elle regarda son gros ventre se secouer. Il chercha à l'embrasser. Elle se détourna, avec un autre sourire. Son haleine charriait des odeurs d'alcool et de nourriture coincée entre les dents depuis plusieurs jours. Alors elle parla d'un besoin, s'éloigna, eut deux mots avec la patronne et rejoignit le bar.

Horacio passait sa main entre les jambes de Tania et remontait chaque fois plus haut, la peau de l'entrecuisse lui paraissait toute douce. Victor regardait vaguement dans la salle que la fumée avait remplie. Il espérait que quelque chose en sortirait. Juan Carlos, depuis qu'on l'avait quitté, lorgnait Tania et s'imagina à la place d'Horacio. Puis il maudit sa laideur et, parce que les états d'âme n'étaient pas son fort, s'en prit à toutes les femmes, ces putes, et aux putes plus putes que les autres pour se permettre de le refuser malgré ses gros billets. Alors la fumée s'épaissit, l'heure avança d'un bond.

Josefina, au bout de quelques secondes suspendues, apparut. Elle s'assit sur le divan à côté de Victor et lui baissa la braguette. Jamais on n'avait vu tant d'audace. Celle-là venait des tropiques, des forêts les plus chaudes, les plus vierges et les plus sauvages. Victor eut un regard moitié carnassier, moitié narquois, elle allait le chauffer à fond pour le faire partir plus vite. Mais ce genre de tours, on ne lui faisait plus, il savait garder son sang-froid et goûter le temps qui se répète. Alors il leva son verre à la rondeur de ses fesses et la toucha sans détour. Josefina bâilla légèrement. Puis, bien dans les yeux, « *vamos ?* », et ils partirent au-dessus du nuage de fumée qui remontait le long des tapisseries usées, dans l'escalier. Juan Carlos dormait à moitié et une fille qui le pensait inoffensif s'offrit à monter pour aller le border dans un lit profond. Les portes se refermèrent.

Une autre s'ouvrit peu après. Horacio sortait, ajusta son pantalon sur les hanches et replaça sa veste d'un coup d'épaule, satisfait de sa forme.

5

Dans la rue qui descendait vers le cimetière, René démarra sous des trombes d'eau qui lavèrent le taxi de fond en comble. Sa voiture faisait peau neuve et sa vigilance s'accrut, il roulait en seconde pour ne pas risquer une glissade sur les pavés, l'œil rivé aux angles de rue.

9 heures venaient de sonner. Peu de monde à droite à gauche.

La ville paraissait dormir encore et la pluie tombait. Au loin, la muraille grise de la brume se fendait, laissait apparaître des zones plus claires, annonce d'heures plus chaudes. René descendit jusqu'à l'agence. « Le chien », quand il arriva, comptait l'argent qu'on venait de lui rendre et faisait des prévisions secrètes. Le Péruvien – que les autres appelaient « Le rat » parce qu'il était un peu voleur et dur en affaires, mais aussi et surtout parce qu'il était péruvien –, enfoncé dans la banquette, regardait mollement une *telenovela* où l'on s'empoignait à la moindre occasion. « Le chien », tout en froissant quelques billets dans sa poche, regardait aussi, avec une indifférence qui dissimulait mal son envie de se mêler à la bagarre pour lui servir d'arbitre. Traînaient aussi là « Le loup » – qui avait reçu ce surnom parce que ses cheveux poussaient à mi-front –, « Le requin » – parce qu'il en imposait physiquement –, « Jambon » – parce qu'il aimait les femmes très larges au niveau des fesses et des cuisses –, « L'âne » – à cause de sa lenteur et d'un certain pli des yeux. Mais la palme revenait à Santiago qui, par un jour de grand gel, avait perdu une oreille qui s'était détachée comme du verre et qu'on appelait, depuis ce jour, « La tasse ».

Nico, qui siégeait sur un fauteuil roulant devant son poste émetteur-récepteur, souriait à tout le monde. Depuis un accident dans les Yungas au cours duquel sa voiture s'était retournée sur lui, il voyait souvent revenir à sa mémoire cette attente, coincé sous son véhicule, sous une pluie qui lui pissait sur le visage, son oncle mort à quelques mètres au milieu de feuilles qu'il semblait pouvoir attraper de sa bouche encore tout ouverte, presque stupéfaite, l'odeur de végétation ravivée par l'eau et la sensation des jambes et des pieds qui ne répondent plus. Ce souvenir, malgré l'érosion, se voyait encore lisiblement sur son visage et, quand il mourut bien des années plus tard, il y était encore, figé dans l'expression d'un adieu mitigé.

Quand il vit René, il lui fit signe de la main et lui sourit. René croqua dans une *salteña* et la lui tendit. René avait au fond de l'estomac un remue-ménage aigre et sa langue ligotée contre sa pomme d'Adam le laissait à peine respirer. Il demanda s'il y avait des clients à Nico, qui lui donna une adresse à Sopokachi. « Le rat » fit mine de partir le premier en sautant de sa banquette pour s'approprier la course, mais René n'y fit pas attention, il pensait au cours des rues.

Le client se fit emmener à Villacopacabana. René repartit, monta vers Villa Fatima et s'éleva jusqu'à ce que les maisons se fassent rares. Il s'arrêta, descendit, alluma une cigarette, se passa la main sur la nuque et frotta l'arrière de son crâne. Il regarda la route qui montait, vit les nuages qui changeaient vite et imagina le col glacial et embrumé. Il était venu là pour prévoir ce qui adviendrait, mais peinait à cause de sa vue que le cours des choses distrayait : un minibus surchargé à fond de seconde, que sa fumée recouvrait ; un chien qui poursuivait un papier gras volant ; un camion chargé de vaches qui roulait en première, au pas, pour ne pas trop solliciter les freins ; un homme ivre qui cherchait son chemin, les yeux perdus dans l'autre vallée. René jeta le mégot qui s'éteignit seul et regagna sa voiture. Il claqua la portière, verrouilla les autres depuis la sienne et ouvrit sa fenêtre. Il se coulait dans la ville, sentait la fluidité des virages, évitait les obstacles de loin, conduisait sans toucher les pédales. Au marché de Villa Fatima, les gens grouillaient. René freina, s'arrêta. Les passants traversaient les files de voitures, s'infiltraient comme une eau, devant, derrière, sur les côtés.

Esteban, au fond de son rêve, s'imaginait que l'avion dans lequel il dormait se déchirait sur un pic acéré de la Cordillère, dans un fracas de neige noircie, de corps et de carlingue éventrés. Il se réveilla quand l'appareil posa son train d'atterrissage dans un silence presque parfait. Déterminé par la peur, il descendit en avalant par-ci par-là quelques bouchées d'air. Pendant que le minibus glissait sur la route attirée par le centre de gravité de la ville, Esteban vit que les maisons s'empilaient en masse et s'avoua que le voleur serait difficile à trouver. La foule se propageait, il allait falloir se glisser dans la ville, y employer ses facultés d'enquêteur tout en faisant confiance à un destin qui prendrait plaisir à organiser des retrouvailles. Esteban, bien qu'un peu noué, restait confiant. Il essayait de reconstituer en le projetant devant ses yeux le visage de René dont il n'avait vu que les pupilles noires, furtives quand elles s'étaient brièvement reflétées dans le rétroviseur.

Et il se demandait : *Impulsion ? Sens confus du défi ? Un pauvre type, une petite vie jouée dans l'ombre ? Et qui voulait se payer le grand frisson ? Ou alors un voleur aguerri, un voleur de métier, avec ses réseaux ? Était-ce un suicidaire ? Nonchalant ? Imprévisible, aussi difficile à dénicher qu'un chien errant ?*

Les piétons recouvrirent le flot des véhicules et se dissipèrent en un instant quand la circulation se libéra. Sur le trottoir, un couple d'adolescents s'enlaçait et une femme mangeait assise devant un étal de ballons crevés. Dans la rue, on entendit une voix qui lança « espèce de traître ! » René tourna la tête, un homme à la gueule patibulaire passait, accoudé à la portière et qui souriait à quelqu'un dans une direction incertaine. La route s'ouvrait et les cimes de certains arbres à cet endroit jaunissaient. Un courant d'air froid les agitait et des feuilles se détachaient à chaque souffle. Quelques-unes tombèrent devant son pare-brise, se posèrent sur le capot et s'envolèrent quand René démarra. Dans son esprit, l'architecture de la ville s'enchevêtrait, les murs se recoupaient, les rues se tordaient et il déambulait avec peine, se heurtait aux parois du vent, fouillait de ses yeux une lumière impénétrable.

— Taxi !

Il s'arrêta contre le trottoir et regarda dans le rétroviseur qui venait :

une femme qui courait en tenant les deux pans de son manteau d'une main. Il l'entendit à peine entrer et, dans le miroir, elle secoua ses cheveux.

— Isabel la Catolica, s'il vous plaît.

La voiture partit, René se laissa étreindre par le glissement des choses, les arbres passaient avec les maisons. Au loin, dans le creux de la ville, comme une épine dorsale, on distinguait un hérissement d'immeubles. René franchit l'ombre du nuage qui recouvrait le quartier.

— Quel temps bizarre.

Il acquiesça, l'air ailleurs. Les inquiétudes qu'il nourrissait au sujet de son coq pour le combat à venir remontaient et lui rendaient l'œil noir. Il aurait fallu, se dit René subitement mû par une soif incontrôlée de victoire, jeter « Le chien » dans l'arène pour régler l'affaire sans retard. Au moment où il prit à droite dans une rue montante, Miguel procédait à une injection de cocaïne dans le cou de la bête dont les yeux rougirent à peu près instantanément et dont la tête se mit à gigoter dans tous les sens par mouvements secs. Miguel l'insultait. Il lui répétait que sa mère n'étant qu'une vulgaire pute, ça faisait de lui une bête maudite. René savait comment Miguel parlait à son coq et qu'il avait le pouvoir de distiller en lui l'instinct fou de la fatalité. La seule chose dont René se chargeait, c'était d'aiguiser avec une ferveur patiente les ergots d'aluminium durci qu'on attachait aux pattes de l'animal pour qu'il crève un œil à son adversaire ou bien, si la chance venait vraiment à lui sourire, pour qu'il lui ouvre la gorge tout net.

René déposa sa cliente et partit. Il passait sa main sur une barbe irrégulière, se concentrait.

— Entre.

Esteban entra.

— Qui c'est, ce taxi ?

Nouvelles explications.

— Il faut mettre la main dessus.

— Il n'y a pas de raison que je ne le retrouve pas. J'ai son visage bien en tête. C'est un brun, il a…

— Peu importe comment tu t'y prends. Il faut tout récupérer avant une semaine, les types de Lima arrivent dans dix jours.

Esteban se dit qu'il avait du temps pour errer, qu'il pourrait arpenter les rues, fouiller les voitures du regard, prendre des taxis, qu'il procéderait seul et qu'il trouverait.

René sortit de la maison de Miguel par un couloir qui le mena jusqu'à une ouverture de lumière violente. Dans le jour blanc comme un linge, livide, l'insistance de la sécheresse. Il tenait sous son bras le coq, encouragé toute la matinée, et qui attendait d'en découdre sans délai. René ouvrit son coffre, plaça la bête près de la valise et s'installa au volant à côté de Miguel.

Dans l'arène, les gens s'asseyaient sur les gradins en attendant que les combats commencent et René entra. On procéda à la pesée : trois kilos deux cent cinquante, animal en pleine forme, nerveux. Pour mieux préparer la victoire, René alla s'asseoir à un stand attenant et rencontra quelques amis avec lesquels, tout en discutant de choses et d'autres, il fit quelques prévisions. Il se sentait sur la bonne pente, le coq griffait fort, redoutable pour son tempérament retors. Cependant il ne fit pas trop de commentaires sur les capacités de sa bête, garda les sourcils presque froncés et le regard impénétrable – la chance devait travailler en paix et il le savait.

On rejoignit la *cancha*, on frotta les coqs à l'eau froide et on cogna leurs têtes l'une contre l'autre. Aucun des deux n'apprécia la rencontre, la tension monta. Dans les tribunes, les gens se turent peu à peu, mains jointes sous le menton en un geste de prière attentive. Autour, on commentait et les spectateurs s'excitaient, jugeant qu'un beau coup avait été porté, poussaient par des exclamations leur favori vers la fin souhaitée, que l'adversaire le paye de sa peau. René avait pris place à la deuxième file des petits gradins circulaires, examinait la situation et la trouva soudain favorable. Son coq, d'un coup d'ergot, venait de crever un œil à son adversaire. La lutte, inégale, dura longtemps, acharnée. Les plumes volaient en se détachant de la peau, un œil fut éclairé d'un rayon, les battements d'air se firent frénétiques. Ce qui ressortit de ce tourbillon de plumes était aveugle. Les deux bêtes saignaient des yeux et se cherchaient sans se voir, le pas craintif, le pouls du cou au bord de l'explosion.

Elles se trouvèrent.

Un coup décisif fut porté par le coq de René qui se releva aussitôt de son observation, mains sur les genoux, assis bien droit. La salle entière vibra. Son coq errait sans voir et sa victime, étendue par terre, la tête immobile, ne respirait plus. Alors survint l'impensable. Au moment même où le compte à rebours de deux minutes finissait, l'ennemi se releva, titubant devant les yeux de tous, sorti d'un gouffre dont il émergeait avec l'air de stupéfaction des ressuscités. Le combat se termina sans que les deux animaux puissent se trouver. Impossible à départager. Les profits de la victoire s'envolaient et René repartit avec dans ses bras un coq que sa cécité condamnait.

Ses collègues de travail, quand il arriva à l'agence, le virent silencieux, la mine fermée. La plupart pensaient qu'il avait perdu, sauf « Le chien » qui flaira le match nul. René lui fit signe que oui et aux autres il proposa son coq à cuire. « Le rat » sortit de son ombre.

— Si c'est pour mourir d'une overdose, non merci.

« Le chien » se leva en riant et René rit aussi.

— On y va ?

Ils montèrent dans le taxi du « chien » et grimpèrent jusqu'à l'Alto. La foule se densifiait et se mélangeait à celle des véhicules dont le trafic grossissait. On était pare-chocs contre pare-chocs et « Le chien » pensait à son embrayage qui commençait à faire un bruit de toupie. Il vit une femme habillée légèrement et eut des idées de revanche brutale. La quantité des phares, qui se déplaçaient latéralement et de bas en haut quand il y avait un dos-d'âne, rendait la nuit confuse. Le « chien » voyait des ombres passer dans les faisceaux de lumière. Les autres parlaient, « Le rat » et René qui évoquait une liaison avec une étudiante. « Le rat » voulait cacher son envie et, pour s'en défaire, paria sur le mensonge. L'histoire était trop belle. Il en raconta une, qu'il trouvait meilleure et où il imitait les cris d'une femme à laquelle il avait fait l'amour pendant douze heures. « Le chien » stationna en gueulant sur le propriétaire de la voiture de devant, un peu garée en travers. C'était près de l'horloge de l'Alto, qui affichait 21 heures. Ils entrèrent dans un bar au premier étage par un escalier où les vapeurs d'urine sentaient la bière et se mélangeaient à l'odeur de vomi et d'oignons. René enjamba une femme que son mari traînait dans les marches en la tirant par le col. Elle avait les yeux fermés et protestait sans effort. Ils s'installèrent à une table. Les voisins, chacun parti de son côté : l'un dormait, l'autre, prostré, regardait par la fenêtre, le dernier parlait un langage noyé à l'ampoule du plafond.

René, lui, ne buvait jamais jusqu'à la mort. Il n'aimait pas se réveiller le dos rigide et le crâne près d'éclater, revenu d'une nuit sans fond.

Ce soir, pourtant, il buvait vite et beaucoup parce que sa vie prenait un autre rythme. Le mouvement s'accélérait, les rotations de la Terre souffraient des hoquets et s'emballaient. Il multiplia les verres tandis que Pablo et « Le chien » parlaient. Il se mêla à la conversation, la suivit clairement, la lâcha de temps à autre. Les voix grossissaient, elles commencèrent à fuser. On ne s'entendait plus, René ne s'entendait plus. Alors il sentit que le moment était bon, dit vouloir prendre l'air et descendit les escaliers. Quand il franchit la porte, le froid sec de la nuit le surprit. La peau de son visage se rafraîchit, ses tourbillons intérieurs ralentirent et René retrouva une sorte de lucidité. Il fit quelques pas juste en face, traversa la place encore pleine de monde pour aller sur la *ceja*. L'entaille que formait la ville s'ouvrait à mesure qu'il s'approchait du vide et, lorsqu'il arriva au bord, à l'endroit où la terre tombe, il eut le vertige, sentit que le vent le tenait en équilibre et ouvrit grand les yeux. La ville s'accrochait aux pentes et descendait comme une lave orange, disparaissant dans de lointaines gorges où l'on ne distinguait que de l'ombre. On n'entendait rien sinon une vague rumeur d'où perçait parfois un coup de klaxon.

René à cet instant ne bougeait plus et s'absorbait dans le spectacle vertigineux qui frémissait dans la nuit.

Il marcha sous des fils électriques qui grésillaient, longea le bord du cratère et sentit l'odeur de la forêt d'eucalyptus apportée par un souffle régulier. Il trébuchait sur les bouteilles en plastique, s'accrochait sur les pavés irréguliers ou sur les pierres, balancé par le courant d'air qui remontait du centre. Un chien aboya, d'autres lui répondirent. René jeta quelques pierres, passa son chemin. Il contemplait le passé avec hébétude, une faille sombre l'en séparait. Dans ce passé, il n'avait plus pied et la ville dont les pentes s'écroulaient dans le vide sous lui sentait l'étrange impénétrable. Un monde qui se refermait sur lui-même et qui n'avait plus que la saveur lointaine des choses révolues. Une porte de garage dans l'obscurité s'ouvrit, claqua et vibra quelques secondes. Il ne bougea pas. La bulle du monde montait dans l'air et René, l'œil avide, levait la tête pour le voir décoller.

Quand il se redressa sur son banc, il eut une impression de lourdeur, se souvint de la fête, retrouva lentement le chemin du bar. On baissait le rideau à moitié et il rentra en se penchant. En haut des escaliers, on nettoyait la salle à grande eau. Un homme dormait collé à une table. René se frotta les yeux sous tant de néons et comprit que les collègues étaient partis.

La femme à laquelle il demanda l'heure laissa tomber la serpillière dans le seau, se redressa, se sécha les mains à son tablier et lui indiqua l'horloge au mur. 5 h 30.

6

Esteban bondit de son lit comme un chat maigre quand il entendit sonner le réveil, pressentant qu'une grande journée venait de commencer.

Sa méthode, en ce premier jour de traque, serait de marcher. Il descendit la Mexico, rejoignit la Plaza del Estudiante, prit par la Landaeta et monta vers San Pedro. Son cœur cognait ses côtes et il dut s'arrêter à plusieurs reprises. Il longea, enfoncés dans l'ombre des murs, des ateliers où l'on réparait des roues de voiture. Il scrutait les gens qui travaillaient là dans l'obscurité, mais ses yeux s'acclimataient difficilement, depuis la rue baignée dans une lumière blanche. Les clartés tamisées de sa ville natale et ses chemins plats lui vinrent vaguement en tête, un léger vent de nausée le noua brusquement et il se sentit piégé dans l'étreinte sans visage des rues.

Il prit par un trottoir en pente douce pour se relâcher et descendit. Il voyait plus facilement les gens. Ceux qui montaient, concentrés dans leur effort, regardaient le plus souvent par terre. On les voyait de haut, on pouvait regarder et deviner. Esteban marchait lentement quand un coup de vent dévala la pente et le poussa vers l'avant. Il serra un peu les épaules, regarda partout autour.

Il entra dans un bar. Un homme sur le trottoir d'en face achetait le journal. Esteban commanda une bière et suivit les voitures du regard. Les taxis se ressemblaient tous. Du sien, il ne se rappelait que la banquette d'un rouge bordeaux et une image de la Sainte Vierge qui pendait au rétroviseur. C'était maigre. Les voitures roulaient. Dans l'une d'elles, un gros chauffeur à la mine coléreuse et fermée. Dans une autre, l'ombre d'un vieil homme dont la tête dépassait à peine. Le soleil paraissait ne pas avoir bougé et le flot des voitures grossit de sorte qu'un embouteillage se forma. Esteban dévisagea ce qui l'entourait et vit de tout : des moustachus à lunettes de soleil, des chauffeurs de taxis de 70 ans dans des voitures de plus de trente, des distraits, des lassés, des chauffeurs en cravate style professionnel…

Un type surpris d'avoir rêvé s'arrêta d'un coup de frein net à deux doigts du pare-chocs précédent. Visage mince, voiture blanc cassé, intérieur rouge orangé, le sang d'Esteban ne fit qu'un tour. Il paya, sortit en trottant et longea le trottoir pour le rattraper. Quand il arriva au niveau de la voiture, il tapa à la vitre, cacha son visage derrière la carrosserie qui séparait les deux fenêtres et le type lui fit signe d'entrer. Il s'assit juste derrière lui, jeta un œil sur le rétroviseur. Le chauffeur portait des lunettes de soleil en miroir, Esteban se décala pour le voir en diagonale. Il y avait bien quelque chose de la moue du voleur… mais, après quelques secondes d'observation, il ne put faire autrement que de constater l'erreur. Alors il posa sa tête sur la banquette. L'adrénaline retombait, mais à moitié seulement. De temps à autre, il regardait par le rétroviseur extérieur les véhicules qui suivaient. Il indiqua au chauffeur une direction et lui expliqua que La Paz était une ville froide, comparée à Cochabamba, ce que le chauffeur indifférent écoutait avec des hochements de tête. Esteban paya, lui demanda de s'arrêter et descendit. Il prit vers le bas de la rue, entra dans un restaurant et s'installa au fond pour pouvoir superviser la salle pendant qu'il mangerait. La conversation avec la serveuse porta sur la pluie, le beau temps et le nombre des passants. Esteban termina son repas, scrutant derrière la vitre le mouvement de la rue qui l'hypnotisa. Puis il demanda la note, laissa un faible pourboire et sortit dans le soleil de 13 heures. La digestion le rendait plus lent, il marchait à pas lourds, lassés. L'envie de sieste le gagna, mais comme la quête n'avait pas été très fructueuse ce matin, il secoua la tête, frotta ses yeux et trouva l'atmosphère reposée, la lumière sereine.

Il ne cessait de se questionner sur la meilleure méthode mais, il le voyait bien, il ne lui restait plus que celle du hasard, de l'abandon. Arrivé à la place San Francisco, il leva les yeux vers le clocher et tourna ses pas vers le marché. Se promener là, dans des rues bruyantes et des couloirs sombres bordés de magasins : trop de monde pour que l'on puisse vraiment s'y reconnaître, alors il vogua de visage en visage. À ce niveau de la rue, des rangées de casseroles lançaient des éclats quand les bâches qui les surmontaient se levaient sous le vent et laissaient passer des rais de lumière. Un *aparapita* qui avait endossé une charge deux fois plus grosse que lui le bouscula. Esteban continua un peu plus loin jusqu'à des rues plus calmes. Il demanda à un passant où il trouverait la plus proche agence de taxi. On lui en indiqua une située sur le même trottoir, à deux cents mètres. Esteban se posta en face du bâtiment pendant qu'un enfant en casquette et cagoulé cirait ses chaussures. Les taxis arrivaient, repartaient, les chauffeurs descendaient, entraient dans l'agence, en ressortaient, d'autres restaient plantés là à discuter, voyant un peu partout qui venait ou seulement passait.

L'impatience monta : pourquoi l'un de ces pauvres types n'était pas son taxi ? Puis il s'imagina en saisir un par le col pour infliger à la malchance la correction qu'elle méritait. Ses yeux avaient rougi et il repartit d'où il venait. L'air s'était rafraîchi encore et la fin de l'après-midi prenait corps. Elle serait calme et cette douceur à venir amoindrit son agacement. À cette heure-là, le temps s'étirait.

Esteban se laissait couler dans le mouvement, il devait se plier docilement à une rue qu'il fallait aborder par le calme pour pouvoir l'apprivoiser. L'instant était serein alors il regarda, faisant confiance à tout, aux gens qui venaient, à ce qu'il verrait, ce qu'il trouverait. Il alluma une cigarette. Les ombres s'allongeaient chaque fois plus. Esteban, calme, rentrait dans la ville. Il rôdait en elle maintenant comme un habitué, prévoyant les rues, calculant les angles, repérant les quartiers, quadrillant leur géométrie incertaine. Il faisait nuit.

Dans ses mains, il prit le sandwich au porc que lui tendait un bras dans un *puesto*. Distraitement, il pensa à Maria et la vit nue, tour à tour timide, chasseresse et accueillante. Maria était une amie physique, vieille connaissance, complicité corporelle, vies lointaines. Ils se voyaient quand Esteban venait à La Paz et souvent après l'amour il se confiait à elle, lui livrait ses tourments, ses fatigues, ses doutes et se demandait parfois, lui disait-il, s'il n'aurait pas mieux fait de se mettre en ménage avec elle. Puis il n'y pensa plus, mâcha vaguement son pain et s'arrêta d'un coup. Devant lui, à quelques mètres sous un lampadaire, se dessinait le profil étrange d'un homme qui lui disait quelque chose. À la dernière bouchée de son sandwich, il froissa le papier, le jeta et avança dans la rue, serrant ses bras contre son torse. On se mit en mouvement derrière lui. Il le sentit et ralentit le pas pour ne pas sembler inquiet. Il trouva même qu'une cigarette en dirait plus long sur sa décontraction, s'arrêta, en alluma une et reprit sa marche. La chaleur de la fumée et l'obscurité bienfaitrice des rues lui donnaient un air détaché. À deux cents mètres de son hôtel, il fit halte à une épicerie et observa le type à la dérobée. Arrivé au coin de la rue, il prit à gauche et piqua un sprint jusqu'à une porte qui s'ouvrit, un patio, des balcons sur plusieurs étages, des escaliers dans lesquels Esteban fonça, des balustrades en bois sur lesquelles ses mains glissaient. Dans un renfoncement de porte, il s'arrêta quelques minutes, silence, pas de poursuivants. Il redescendit, trouva un chemin détourné et aboutit dans une rue parallèle.

À l'approche de l'entrée de l'hôtel, son cœur rebondit. Il monta les quelques marches et entra par la porte que lui ouvrit un groom. Esteban prit une douche et s'installa en peignoir sur le lit, alluma la télé et, les mains croisées derrière la tête, vit une speakerine aux yeux de charbon et aux cheveux rougis. Il eut alors une nouvelle pensée pour Maria qui allait taper à la porte, à qui il ferait l'amour, avec qui il mangerait, à qui il referait l'amour. Malheureusement, personne ne frappait. La présentatrice s'en prenait à un homme qui avait trompé — on en avait la preuve par l'image — sa femme. L'homme, bombardé de reproches, acquiesçait et secouait une tête basse pour se défaire de ses fautes. La speakerine montra alors à l'homme qu'elle venait de foudroyer la photo de son amante dans les bras d'un homme qui n'était pas son mari. On amena l'amante. L'homme, aidé par deux gorilles, se retint de la gifler. La femme de l'homme jubilait, voulut cracher sur l'amante puis sur son mari. La présentatrice demanda du calme, elle regardait l'homme.

— Alors, tu vois qu'on est puni là où on a péché !

Et elle le toisait avec sévérité. Une pensée vaguement misogyne vint à l'esprit d'Esteban, il éteignit la télé et ferma les yeux pour imaginer la speakerine nue, quand… des pas feutrés sur la moquette du couloir, un instant brièvement suspendu et trois coups sur la porte. Esteban se leva d'un bond, ouvrit et découvrit le visage de Maria qui lui apparut comme une fleur qu'on trouve par hasard dans les champs, en écartant les herbes.

Elle souriait.

7

Vers midi, René sentit que le jour basculait et il ouvrit les yeux. Il les referma à cause du poids de ses paupières et resta immobile. Les enfants devaient manger près de l'école, Jimena tenir son *puesto*. René se leva, inspecta sa mine dans le miroir, la trouva fatiguée. Il plongea la tête dans une bassine d'eau froide et l'en retira. L'eau dégoulinait, il attendit qu'elle coule moins et releva la tête qu'il mit dans une serviette où il resta longtemps. Son cœur ne palpitait pas en rythme, il souffrait des sautes. La serviette atterrit sur le lavabo, il s'arrangea les cheveux d'un coup de peigne et partit dans les rues au volant de sa voiture. René prit la direction du centre et remonta du Prado par la Indaburu. Au bout, la maison. Il roulait lentement, gêné par le trafic. La rue s'enfumait dans l'effort des moteurs et, quand il sortit de la brume des échappements, il trouva la maison sur sa droite. Il la longea sans regarder, monta deux *cuadras* de plus, fit demi-tour et se gara sur le pavé arrondi. Il fuma, attendit sans savoir quoi lorsque la lourde porte s'ouvrit, laissant un espace à deux hommes qui la refermèrent sans bruit. Ils s'éloignèrent vers le bas de la rue. S'il le voulait, il pouvait prendre la valise dans le coffre, la déposer sur le siège passager, démarrer sans bruit, descendre jusqu'au niveau de la maison, sortir, balancer la valise par-dessus le mur et s'enfuir. René s'y voyait très bien.

Deux ombres remontaient la rue, un couple de vieux qui traçaient une route en S. Ils prirent à gauche au moment où il se pencha pour vérifier le contenu de la boîte à gants. Quand il se releva, il ne vit plus rien, regarda à gauche, à droite. Et si les deux revenaient, et s'il fallait s'y reprendre à deux fois pour balancer la valise de l'autre côté, et s'il y avait des gens à l'intérieur et si, alertés par un bruit de chute, ils ouvraient, alors que se passerait-il ? Aurait-il le temps de remonter dans sa voiture, de partir en évitant de probables coups de feu ? Son sang coulerait-il dans ce jour calme sur le pavé frais ? Et si tout se passait bien, que la maison soit vide et les voisins bien endormis ? Mais on ne savait plus, à cause du soleil, si les fenêtres qu'on distinguait étaient éclairées. Nico lança un appel collectif pour un client au 22 de la calle Comercio, famille Quispe.

— Je suis dans la Indaburu, j'y vais.

René descendit la rue, sentit en passant à côté de la maison le portail vibrer sous l'effet d'une main ou du vent, raccrocha sa radio sur le rétroviseur où il regarda. Les deux types remontaient la rue, mais il tourna à l'angle avant de voir s'ils prenaient le chemin de la maison.

Il déposa ses passagers dans la Santa Cruz. René conduisait les yeux mi-clos par l'envie de sieste lorsqu'on l'arrêta pour lui proposer une sortie à Coroico. Il négocia un prix en conséquence, l'ancienne route était longue, piégeuse, les ornières nombreuses et les pierres acérées. Les pluies incessantes, expliquait-il aux touristes, rendaient la route incertaine tout comme les nuages qui passaient et repassaient dans les sinuosités de la montagne. Il montrait alors en bordure du précipice la file des crucifix silencieux, mémoire du mutisme sans souffle qui avait pris les passagers à la première roue passée dans le vide. On écarquillait les yeux. René savourait son effet et accompagnait son anglais rudimentaire de gestes qu'il rendait éloquents.

De temps à autre, le soleil apparaissait, parfois effacé par de la brume qui s'accrochait au vent. Les arbres se rapprochaient de plus en plus au fil de la descente et noyaient le fond des vallées. René trouvait ses touristes splendides, il y avait en elles une pureté qui rayonnait de leurs cheveux clairs et de leurs lèvres roses et qui faisait briller leurs yeux bleus et verts. Elles avaient un parfum de paysages inconnus. L'une d'elles, qui par chance s'était assise sur le siège passager, portait un short court et des seins abondants. René fit souvent l'aller-retour entre le chemin pierreux et le décolleté de la jeune femme. Il la trouvait provocante, se souvint de la réputation légère des filles du Nord et ressentit une impulsion. *Dama y puta al mismo tiempo*, se dit-il. De longues jambes, de la classe et, c'était sûr, un penchant sans frein pour le plaisir. Mais la rêverie de René conservait en son fond quelque chose de paresseux parce que leur parfum gardait l'amertume de paysages trop lointains.

Dans la chaleur accrue, il salivait, le bruit du torrent résonnait toujours plus fort dans les cavités de la montagne. La végétation disséminée plus haut s'était brusquement gonflée d'arbres où apparaissaient par-ci par-là des régimes de bananes ou une fleur un peu plus rouge que les autres. On passait parfois en corniche dans la roche. L'eau tombait des arbres accrochés sur la paroi, coulait comme un rideau au bord de la route et s'échouait dans le vide où on ne l'entendait pas tomber. Les touristes se répandaient en commentaires élogieux et René goûtait leur langue incompréhensible. Puis on entendit un klaxon bas et sourd, celui d'un camion qui rapportait des bananes et du bois à La Paz et qu'il laissa passer. Des gens, debout, assis dans la benne, avaient creusé leur place au milieu des marchandises. Son enfance fit surface. Le camion de son père qui n'avançait pas à cause de la charge, de la pente, et de la vieillesse du moteur, l'odeur du précipice, la nuit avec les phares qui apparaissaient et disparaissaient au fil du relief de la montagne, son père qui sortait du silence pour lui raconter des histoires à dormir debout. De nuit, le vieux lui jurait l'avoir vu de ses propres yeux : certaines apparitions féminines remontaient des gorges de la forêt et venaient dans leur voile de nudité susurrer aux oreilles des chauffeurs des chansons inimitables. Les hommes appâtés par tant de promesses trouvaient soudain la route trop longue et piquaient tout droit dans le vide pour rejoindre la femme de leur vie et le bonheur éternel.

Devant René, la route s'élargissait de nouveau. On arriva presque au niveau du torrent et il fallut s'arrêter pour prendre des photos. On prit des vues de singes aperçus ou imaginés. René, resté dans sa voiture, pensait. Pour le moment, aucun plan déterminé ne se dessinait, mais là, il avait le temps et, dans cette jungle au milieu de grandes blondes à taches de rousseur, il était introuvable.

— *Señor, señor.*

Il sursauta, regarda dans son rétroviseur et vit peu à peu apparaître sur son visage la moue d'une confiance tendue. Il redémarra. Les touristes parlaient, faisaient des gestes, riaient. Alors noyé dans l'abstraction de leur langue, bercé par sa gravité, au fil de la route il retrouva celui de sa rêverie. Elle était devenue vide, immense, presque désolée et, surtout, couverte de brume. René n'y voyait plus rien, il revint à ce qui défilait, la piste, la poussière soulevée, les pièges, les camions confondus à la terre et puis un peu plus loin, l'épaisseur de la forêt, les branches enchevêtrées, les arbres qui se mélangent.

À Yolosa, on s'arrêta face au *puesto* où les poulets étaient les mieux dorés. René s'attabla, dévora, l'œil fixe, pendant que les filles mangeaient un sandwich préparé au bord de l'eau. Il tournait et retournait dans ses mains un os chaud qu'il dépouillait de sa chair. À la *casera* qui fit une moue de réprobation, il se plaignit de l'état des routes. Elle lui parla d'un camion qui s'était mis en L dans un virage, coincé pendant deux jours, et qui était parti dans le vide quand les secours avaient voulu le débloquer, et elle fit signe de la main, regardant au loin en balayant l'air de son index.

— *Provecho.*

René partit en lui disant que c'était bon la bouche pleine.

— *Gracias, señor.*

Et elle remit les choses en mouvement dans la marmite.

Alors la nuit apparut et la rivière devint bruit. René alluma ses phares qui lui signalèrent un motard qui tâtait du doigt son pneu avant pour en mesurer le degré de crevaison. Il passa à côté en l'évitant au large et continua vers l'entrée de Coroico. Sur la banquette arrière, on se taisait, on regardait les réverbères du village éclairer le dallage en briques grises de la rue principale où des gens marchaient. La place du centre-ville, carrée, offrait une promenade dessinée en croix et plantée de palmiers.

Il y déposa ses passagères et laissa sa voiture dans le patio d'un *alojamiento*. Puis il marcha, se laissa porter en dehors du village, respira l'odeur de la verdure et se dit que le jour finissait lentement. La forêt faisait de grandes entailles dans la terre, plongée dans l'ombre. Un oiseau au plumage mauve l'effleura d'une aile. René eut un sursaut et une vague de mauvais présages l'assaillit. Lui, attrapé, torturé, ne se souvenant plus d'aucune valise, les yeux révulsés, attendant son enterrement, voyant sa femme pousser un cri d'effroi devant son cadavre et ses enfants pleurer convulsivement son absence. Le bruit détona dans ses oreilles et se confondit avec celui d'un klaxon de bus qui arrivait à toute allure. René se rejeta en arrière et disparut dans la poussière dont il ressortit à moitié blanchi. Il se secoua et reprit sa marche. Il ne lui arriverait rien, c'était sûr, sauf qu'au moment même, il entendit un déclic de clef et une voix lui monter du fond des oreilles : « tes enfants », « pense », « plaque » et « numéro ». Sa plaque. René n'en revint pas d'avoir oublié ce détail. Puis, après s'être pincé la lèvre, le doute. Et si le type avait seulement bluffé ? Et s'il avait dit ça juste pour le paralyser et que, sûr de lui, il n'avait rien vérifié ? Et si la nuit avait semé le trouble dans sa vue ou dans sa mémoire ?

René avançait à pas lents, sentit l'air le caresser presque et s'imagina revenir s'installer dans les Yungas, ici ou ailleurs, près de son village natal à deux pas de Caranavi. Il y passerait le reste de sa vie, à récolter du café dans l'affaire d'un oncle, sa femme planterait des fleurs, les enfants joueraient sous les arbres et les crépuscules seraient sereins. Il y oublierait tout, jusqu'au bruit des rues en pleine affluence.

La nuit devint noire et mystifia l'œil de René qui revenait à pas lents vers le village. L'amertume rendait sa bouche pâteuse. *Pourquoi ?* se disait-il sans bouger la mâchoire. Mais comme la question n'avait plus de sens, René sentit un vertige en s'acharnant à lui trouver une réponse. Les considérations pratiques l'emportèrent. Comment restituer la valise ? La jeter dans la rivière, qu'elle s'éventre sur une pierre et coule dans les tourbillons ? Tout ça pour rien ? Ou pour se faire trouer la peau sans en avoir profité, misérable, un jour et sans que ça prévienne ? Impossible. L'écouler dans la ville, se faire attraper et se faire apporter des oranges par les enfants pendant quinze ans ? Comment faire ça en toute sécurité ? La revendre d'un coup, à quelqu'un ? Et si ce quelqu'un connaissait le type qui lui avait vissé le canon de son arme dans la nuque ? Au bout du compte, valait-il mieux se livrer, aller en prison pour y goûter une vie paisible ? Mais la prison le protégeait-elle de la mort ? Un jour viendrait-il où un type l'assassinerait alors que les gardes auraient le dos tourné, témoins aveugles et muets, consentants ?

René, à cette idée, s'était arrêté.

9 heures. Devant son café, il sentait poindre la chaleur dans l'air.

En décembre, tous les records d'accidents et de morts avaient été battus, des bus et des camions étaient tombés en quantité. Certains, en montant, patinaient sur la terre, reculaient, appuyaient à fond sur la pédale de frein, mais les câbles distendus ne pouvaient plus retenir ce qui partait à la renverse. Ceux qui descendaient, en croisant ceux qui montaient, devaient s'arrêter sur des remblais aménagés, perchés au bord du vide. Parfois, à cause du poids sous les roues et des infiltrations de pluie, la terre cédait. La circulation était donc alternée. Alors qu'il avait prévu de partir tôt, René savait qu'il y aurait déjà une longue file devant lui et qu'il serait retardé. Avant de sortir du village, il s'arrêta devant un local rempli de bidons de cent litres. Odeur du diesel et de l'ordinaire mélangés, murs noircis troués de logos qui brillaient. René fit mettre vingt litres, regarda sa montre et partit.

Quand il arriva au péage, une file d'une quarantaine de véhicules attendait déjà. René soupira, se gara derrière le dernier camion, coupa le contact et attendit. D'un coup, il sentit comme un hoquet de l'esprit, seul avec sa cargaison dont il sentait palpiter la présence. Puis ce fut un passant qui marchait par-là, bizarrement, et René oublia tout à fait la valise quand la barrière se leva.

Les moteurs se mirent en route et il y eut tout un vacarme de fumées. René appuyait de temps à autre sur la pédale d'accélérateur et constata la régularité de la mécanique. Le convoi s'ébranla dans un torrent de poussière et le pare-brise s'encrassa sur le champ. Parfois les camions, quand la piste s'élargissait, après avoir bloqué longtemps la route, se déportaient et laissaient quelques voitures les dépasser. René en doubla quelques-uns puis se lassa, ne chercha plus la faille, ni l'intérieur ni l'extérieur. Il fit son chemin lentement derrière un camion jaune et se laissa bercer. Tout au fond de son oreille il entendit « Le chien » pousser un coup de gueule. Sans se demander pourquoi, René sauta d'une image à l'autre. Les têtes de ses enfants apparurent, ils s'ennuyaient dans un coin de la pièce, échangeaient avec leur mère des regards qu'il ne comprenait pas.

La route s'élevait au-dessus de la vallée dont le fond se perdait.

Aucune perspective n'offrait de garantie totale et René se sentit comme suspendu. Il allait pleuvoir. Il plut de plus en plus dru à mesure qu'on montait. Les cimes déchiquetées des montagnes s'enveloppaient dans le coton glacé des nuages. René roulait dans le silence parfois rompu par un frottement de pierre, du vent qui rasait la brume et les herbes hautes. Le relief apparaissait, s'estompait, devenait blanc. Au sommet tout se découvrit, la pluie s'ouvrit sur le plein soleil et l'air devint sec. René roulait en seconde. Le spectacle de la ville brouillée par la chaleur rendait tout vaporeux. Une bande de chiens le vit arriver lentement, se leva et regarda. Quand il arriva près d'eux, ils se mirent à courir aux côtés de la voiture, parfois devant, espérant dans leur course enragée que René lâcherait quelque chose. Mais René conduisait, regardait loin devant lui et les chiens s'épuisèrent. Ils s'écartèrent du véhicule, ralentirent et s'arrêtèrent au bord de la route, sur des promontoires où ils s'assirent, la langue pendante. Quelques mètres plus loin, il croisa un autre chien, seul, le cuir entaillé par endroits. Celui-là regardait les voitures et les camions passer sans se lever, sans courir et tournait la tête d'un œil qui ne faisait que voir.

René se concentra sur la perspective plongeante qui creusait la ville. Il s'en approchait, les maisons s'accumulaient, se regroupaient et culminaient au centre en des amas de gratte-ciel. La ville se remplissait de maisons et de gens. Il fit une pause en bas de Villa Fatima et commanda un sandwich à la tranche de bœuf qu'il mangea Plaza Villaroel. Sa voiture garée en face, il pouvait la surveiller. Deux jeunes femmes discutaient à côté, l'une appuyée sur l'aile avant gauche et l'autre une main posée sur le haut de la portière conducteur. René mâcha plus lentement. Il les fixa puis déplaça d'un coup d'œil son attention sur un policier qui traversait la rue vers elles. Les filles descendirent par la Estados Unidos et le policier parut leur emboîter le pas. Ils se perdirent et René mangea de nouveau en cadence.

Pendant l'après-midi, il transporta des clients venus de tous bords. Un mécano que son patron envoyait à la hâte chercher une pièce à San Pedro, une *chola* opulente en *pollera*[2] jaune clair avec de nombreuses bagues au doigt et une valise sans doute pleine de cash pour aller négocier l'achat d'une villa de zone sud, un étudiant qui lui raconta que tôt ou tard un coup d'État viendrait, une vieille femme qui s'installa devant et qui semblait regarder par la fenêtre en fermant les yeux, une employée qui allait chercher les enfants des patrons à l'école, un journal ouvert que le passager tint devant lui pendant tout le trajet, un banquier qui caressait nerveusement son attaché-case… René pensa de suite au sien, mais l'idée par magie ne se colla pas à son esprit, elle ne fit que rebondir et se perdit loin au-delà de sa conscience.

Il conduisait absorbé par la route, le trafic et la radio qu'il alluma. La jauge d'essence pointait en bas et René, pendant qu'on remplissait le réservoir, vit autour de lui un minibus aux passagers entassés, un taxi déglingué qui débou la à toute allure, une *vagoneta* mauve aux vitres fumées. À ce moment, des masses de nuages gris venus des terres tropicales, poussés par le vent, débordèrent des crêtes des Andes, se faufilèrent par les cols et descendirent vers la ville. Il plut d'une pluie dégoulinante qui glissait des hauts quartiers jusqu'à la cuvette du centre à ras bord de brume. À l'exception de celui des roues sur l'asphalte mouillé, les bruits s'étouffèrent. Alors René, au premier réverbère qui s'alluma, retourna à l'agence. Dans un fauteuil « Le chien » somnolait et Nico regardait la pluie tomber par la porte ouverte. Ils échangèrent quelques prévisions sur le temps et le travail du lendemain, et René repartit vers sa voiture. Il roula cent mètres, s'arrêta, regarda dans le vide, prit une pince dans la boîte à gants et descendit. Il n'y avait personne dans la rue, mais les feuilles des arbres remuaient. Il ouvrit le coffre et débrancha le fil relié à la luciole qui rendait sa plaque

---

[2] Habit traditionnel : jupes nombreuses, haut, gilet et petit chapeau rond.

d'immatriculation lisible la nuit. Il arriva chez lui comme une ombre, à contre-courant du torrent qui dévalait sa rue. L'eau chargée de grumeaux de poussière et de terre giclait sur la carrosserie et sur les vitres. La voiture entra dans la cour submergée de boue.

René appela son beau-frère qui habitait la maison adjacente et qui parla de loin : Jimena était allée faire des courses, mais sa belle-sœur gardait les enfants qui jouaient dans la cuisine. Ils vinrent. René prit Rodrigo dans ses bras, le secoua, lui demanda s'il allait bien et le reposa. Ensuite, sa main passa sur la tête de Julio.

— La journée s'est bien passée ?

Julio répondit à moitié ou pas du tout. René constatait, satisfait, que tout était en ordre. Puis Jimena arriva, les bras chargés de sacs qu'elle posa sur la table, et rangea les victuailles.

— C'est quoi cette valise dans le coffre ?

René s'immobilisa.

— Des outils que m'a prêtés « Le chien » pour réparer l'amortisseur.

— Dans une valise.

Elle lâcha cela tout en allant vers Julio dont elle prit le visage entre les mains.

— Qu'est-ce que tu as ? Qu'est-ce qui s'est passé, mon fils ?

Et elle caressait une légère enflure au niveau du front.

L'enfant évoqua une bagarre, montra sa bosse et se plaignit. René lui aussi avait pleuré, enfant, chagriné par un coup reçu ou donné. Il revoyait son père qui lui disait « ne te laisse pas faire, s'ils viennent tu les affrontes et tu les cognes ». Mais René n'aimait pas cogner. Il referma son journal, laissa ses yeux se perdre quelques secondes, regarda son fils, l'invita à venir vers lui et le serra, le cœur nuancé d'amertume.

Jimena reparla de la valise et René envoya Julio jouer avec son frère. Les explications, les issues et les échappatoires qu'il trouva lui parurent incroyables. Elle baissa les bras. Les mensonges de René empêchaient aussi qu'il la prenne dans les siens. Comment ne sentirait-elle pas la distance, son mensonge, cette arrière-pensée qui creusait comme un fossé ? La nervosité s'emparait de René qui, pour s'en défaire, se replongea dans la lecture d'un événement incroyable. Le numéro du jour d'*Extra* faisait le récit d'un viol perpétré par un oncle sur sa nièce de 13 ans ensuite étranglée. L'homme avait alors passé à tabac la mère, sa sœur, avant de la violer elle aussi. Ensuite il avait pris sa voiture et s'était jeté dans le ravin. Son corps était dispersé, on le constatait par un dessin qui montrait la tête et une jambe loin du tronc.

René ouvrit une bière et but à longs traits. Il bâilla, s'étira et demanda à Jimena si on allait manger. On se mit à table, les enfants plongeaient la tête dans la soupe et René parlait de son voyage, en termes vagues. La route avait été périlleuse, glissante, les nuages jouaient parfois des tours et il avait dormi dans une chambre remplie de moustiques. Rodrigo montra une lueur d'admiration. Julio, lui, chougnait encore et trouvait dommage de ne pas avoir accompagné son père. Ils iraient ensemble la prochaine fois. Puis lui aussi plongea le nez dans sa soupe, le menton au ras du plat. Il aimait ce rituel, baisser la tête le rendait rêveur. Il dîna les yeux presque fermés, se releva quand son plat fut vide, regarda autour de lui et constata que la vaisselle se faisait et que les enfants gisaient sur le lit, les yeux mi-clos.

Plus tard, dans l'obscurité, il rejoignit Jimena qui dormait déjà, s'approcha et ferma les yeux quand il fut contre elle.

8

Le jour se leva, éclatant. Esteban avait rendez-vous avec Horacio pour le déjeuner. Le ciel s'étendait limpide et un pincement sec contre la peau faisait croire à un début d'hiver – la lumière était radieuse et on frissonnait.

Horacio, quand il entra dans le restaurant, chercha Esteban dans la pénombre et crut l'identifier sous la forme d'une masse floue sans visage encore. Puis il s'approcha de lui et, comme la lumière devenait claire, il le reconnut. Esteban, aidé par le contre-jour qui assombrissait Horacio, ne vit rien dans son regard de ce qui consumait ses pensées. Il devinait seulement, à la palpitation des paupières et à certains mouvements d'épaule, que le patron était électrique. Alors il se concentra.

La tactique à adopter était simple, Horacio connaissait le détail de ses journées de recherche infructueuses, les rues où il avait marché, les taxis qu'il avait pris, les bars où il avait planqué. Horacio savait qu'on en était au point mort. Les deux matons qui le suivaient à longueur de journée avaient dû faire un rapport au vitriol : distrait, marchant de-ci de-là, trébuchant sur certaines dalles, errant comme un touriste. Rien en vue, tout se présentait mal, on courait à la catastrophe, il ne pouvait pas s'en sortir. Cependant Horacio comptait avec une garantie. La connaissance qu'il avait du déroulement des événements lui donnait la certitude qu'on ne saurait lui mentir. Au sujet des types qui étaient chargés de la filature, Horacio savait qu'Esteban savait, un lien les unissait.

— Alors, rien ?

— Pas grand-chose.

Esteban cherchait son idée. Elle surgit d'un coup, il la tenait enfin et n'allait pas la laisser s'évanouir. Restait à la placer sans éveiller le doute.

Horacio jeta un coup d'œil autour de lui, vit que deux tables étaient occupées, silencieuses. Il commença sa question avant d'avoir reposé les yeux sur Esteban :

— Qu'est-ce que tu comptes faire ?

— Continuer à chercher.

— Pas un indice, rien ?

— Si, sa plaque, RMZ 148.

— Tu as réussi à te procurer les informations correspondantes ?

— Trop risqué.

— Ça pourrait t'aider.

— Je fais les agences, les unes après les autres. Je finirai bien par mettre la main dessus.

— Oui, j'espère.

Esteban se contracta. Horacio le vit et reprit :

— Je sais bien que tout se passera bien, je te fais confiance, ça fait des années qu'on travaille ensemble. (Il leva son verre) Et ta femme, comment va-t-elle ?

Il souriait d'un sourire qui parut sincère à Esteban.

— On est séparés.

— Tu ne m'avais rien dit.

Horacio se passa la serviette sur la bouche et la reposa à sa droite.

— Et tes enfants ?

Esteban ne sut que penser des questions au sujet de sa femme et de ses enfants, mais les possibles sous-entendus justifiaient de leur téléphoner au plus vite pour leur conseiller un abri. Pour ce qui était de lui, il suffirait, une fois l'humeur du jour devenue trouble, de semer tout le monde et de s'enfuir pour toujours dans des régions jamais foulées.

— Ils vont très bien. Ils grandissent.

La conversation arrivait à un point neutre et ce fut le silence un moment. Esteban reprit le chemin de son assiette pendant qu'Horacio le regardait manger. Au dessert, ils commentèrent les derniers résultats de football et l'actualité politique. Les grèves et les *bloqueos* scandalisaient Horacio qui voulait que le pays puisse travailler en paix.

On ne sortait de la pauvreté que par le travail, il ne fallait pas trop en demander et il lâcha :

— Le gâteau, on ne peut pas le couper à parts égales et il n'y a pas assez de place à table.

Esteban écoutait, jeta un coup d'œil à la note qui venait d'arriver, la trouva plus salée que le steak et la régla.

— C'est moi qui invite.

« LMS ! » C'était ça, maintenant c'était sûr. Il s'en souvenait clairement. Avant d'entrer, il s'était retourné, avait vu la plaque puis l'avait oubliée en remontant. Depuis le vol de la valise, Esteban avait souvent cherché à se la remémorer, l'avait eue sur le bout de la langue. Impossible de faire revenir quoi que ce soit de fixe. L'esprit au renoncement, il avait compté sur les flux et reflux naturels de la mémoire et s'était dit que le souvenir de la plaque remonterait à sa tête comme une bulle, par surprise. Elle venait d'éclore. Il fit quelques pas, s'arrêta sur le trottoir dont il fixa les dalles et porta un regard transparent sur ce qui l'entourait.

— LMS, c'est ça.

Son chemin dans ces trois lettres se traça avec netteté. Il se rapprochait de l'objectif et son terrain de chasse lui parut se rétrécir, la ville prendre une dimension humaine. Il allait pouvoir suivre un fil dans ces rues qu'il commençait à connaître, donner un sens à son errance, trois lettres et un taxi. Pas question de faire jouer les contacts d'Horacio ni de chercher tout seul auprès du registre des immatriculations. Il manquait trois numéros à la plaque et il était nécessaire qu'on ne puisse faire aucun lien, par l'intermédiaire de quoi que ce soit, entre le cadavre à venir du voleur et lui.

À ceux qui le suivaient il donnerait une leçon de traque, il leur montrerait l'art et la manière de dénicher l'indénichable, il récupérerait une place de confiance dans l'association, accéderait au rang des irremplaçables et se ferait peut-être désigner du titre de sauveur. Sa rêverie s'emballait, il secoua la tête et se raffermit des pieds.

Esteban marcha sur le Prado, bondé à cette heure, le traversa, retourna sur ses pas, partit de l'autre côté pour en revenir, puis s'immobilisa sur un banc pour faire la lecture des plaques qui passaient devant lui. BGH 187, GHI 145, ZTL 224, YLS 008, LMZ 149... D'un coup il se leva, fut en proie au doute et retomba contre le dossier, les yeux vacillants.

Au bout d'une heure, il lisait encore, mais sans pouvoir fixer les lettres. Il se mit en marche. Il fallait se procurer une voiture, arpenter les rues, intégrer le trafic et pouvoir réagir dès qu'il trouverait, suivre sitôt l'objectif repéré, être plus aérien. Il dirigea ses pas vers la maison proche d'un ami qui lui devait plus d'un service et qui loua sa voiture – Esteban voulait que l'amitié soit dédommagée quand même – à un prix défiant toute concurrence. La sortie de la voiture du garage dans la rue se fit sans accroc et il glissa jusqu'au carrefour d'en bas où il prit à droite. Il roulait presque au pas, lisant devant et dans le rétro les numéros qui précédaient et qui suivaient. Lorsque la circulation se faisait plus dense et que des embouteillages se formaient, il regardait ses voisins d'un coup d'œil, fixait son attention sur ceux qui venaient d'en face ou traversaient devant lui quand leur feu passait au vert. Sillonnant les rues, suivant son chemin au hasard, selon les pentes, les courants d'air, Esteban cherchait l'inspiration et la sentait venir.

Alors qu'il descendait la Rosendo Gutierrez, celui qui le précédait freina à bloc. Esteban dut en faire autant et la voiture sur le pavé mouillé glissa sur quelques mètres avant de s'immobiliser sans dégâts. Celui qui le suivait eut moins de chance, il arrivait à vive allure, pila aussi, mais la glissade fut plus longue. Percuté, le véhicule d'Esteban fut projeté vers l'avant et endommagea la voiture qui précédait. Esteban descendit, inspecta l'avant et l'arrière, alla voir le type de devant, lui dit un mot, revint sur ses pas, alla vers le type de derrière, le pas mi-lent, toqua à la vitre qui s'ouvrit et se pencha vers le conducteur.

— Le phare avant gauche est cassé, le pare-chocs avant est à détordre et vous voyez comme moi l'état de l'arrière. L'autre, devant, a aussi un pare-chocs à remettre droit. Ça fait à peu près combien, d'après vous ?...

L'autre mit en cause la responsabilité de celui qui avait freiné le premier, on ne freinait pas comme ça, puis voulut lui parler de la police.

— … On n'appellera pas la police parce que je n'ai pas le temps et que c'est toi qui es en tort.

— C'est quand même la…

— Combien ?

— Mais…

— Combien ?

Il fallait voir exactement et ils firent l'inspection à deux. L'autre se rassit dans son siège tout en disant qu'il n'y en avait pas pour plus de trois cents bolivianos, avec main-d'œuvre.

— Huit cents.

— C'est imp…

Par une inspiration subite, Esteban ouvrit sa veste et en montra l'intérieur. L'autre eut un regard stupéfait, se mit à trembler, pensa à ses enfants, sa femme et ouvrit son portefeuille. Il venait justement de retirer huit cents bolivianos au guichet et se demanda s'il n'allait pas faire croire qu'il n'en avait que quatre cents. Puis il spécula sur les effets de la contrariété de cet homme et donna tout. Esteban, après les avoir empochés, passa un billet à celui qui était devant et remonta en voiture.

La cloche d'une église voisine sonna une fois pour indiquer le passage de la demi-heure.

Esteban, dans un mouvement d'impatience, vit devant lui le corps du voleur mort sans geindre. Rien en lui ne le prédisposait au meurtre. Dans l'organisation il se contentait de rôles neutres, il convoyait, passait des coups de fil, rendait des services, faisait jouer ses huiles, servait parfois de chauffeur et touchait un salaire plus ou moins fixe. Malgré un caractère plutôt effacé, l'image du crime lui parvenait avec une netteté qui l'étonnait. Il se voyait appuyer sur la détente, l'arme bien calée, l'atteindre en pleine tête ou en plein cœur, mais dans le cœur la mort ne serait pas immédiate, il aurait le temps de pousser un cri. Esteban frissonna, se reprit ; ce serait la tête ou la nuque. Il ralentit ensuite quand il vit, accroché au lampadaire par le cou, un mannequin de tissu. Il s'arrêta presque pour distinguer l'inscription que portait l'épouvantail défunt sur la poitrine. « Justice pour les voleurs ». Esteban imagina que la cible pendait là, accrochée dans la nuit, pantelante, offerte aux courants d'air. Le voleur servi sur un plateau au détour de la ville.

Derrière, à quelques mètres et pour la quatrième fois, venait de se coller la même voiture dont les silhouettes à l'arrière disparurent derrière les appuis-tête. Alors Esteban prit un itinéraire imprévisible et compliqué. Ses yeux se plissaient, il les sèmerait. Dans une rue qui montait, il accéléra pour prendre quelques mètres d'avance, laissa s'arrêter la voiture qui s'immobilisa rapidement à cause de la pente raide, serra le frein à main, ouvrit la porte, descendit, alla vers l'avant, souleva le capot et prit des airs désolés. Le taxi qui le suivait, sur un coup de main du passager qu'Esteban perçut, continua sa route, le longea, le dépassa. Esteban, qui se savait bon acteur, leva les bras au ciel en signe de protestation. Les autres, à deux *cuadras* au-dessus tournèrent à gauche. Esteban remonta en voiture, démarra et tourna à droite au premier carrefour. Alors il connut les moments les plus glorieux de sa carrière de conducteur, il partit en travers sur certaines zones glissantes, fit bouillir l'huile dans les montées, manqua de renverser deux vieilles femmes, réussit à éviter un ivrogne qui traversait sans le savoir et écrasa un chien. Esteban se mordit les lèvres. Plus personne dans le rétroviseur. Il ralentit.

Des heures durant il parcourut la ville. L'autre travaillait peut-être de nuit. Peu à peu, les larmes de fatigue qui perlaient quand il bâillait lui voilèrent la vue et il cligna des paupières pour retrouver la clarté. Les réverbères dessinaient sur la route des cercles orange. Les rues se vidaient chaque fois plus et on voyait de temps à autre, aux carrefours, passer des véhicules solitaires. La journée permettait une chasse moins risquée. La foule, si elle perturbait les repérages, offrait toutes les ressources de la dissimulation. Esteban se sentit alors seul dans la nuit, comme exposé. Il obliqua dans une rue montante et gara sa voiture sous un arbre qui faisait une ombre. Il rabattit son dossier, vit à l'horloge du tableau de bord qu'il était 2 h 37, s'endormit et ronfla de façon régulière.

Les platanes défilaient le long d'une vitre, les rues se succédaient sans embûches les unes aux autres, il roulait. Il dérivait lentement, les passants passaient et repassaient, il prenait des clients au bord de la route. Il y eut Maria qu'il emmena dans un coin de campagne, Horacio dont l'expression vide laissait tout craindre, des hommes et des femmes qu'il ne reconnaissait pas et qu'il amenait à différents endroits sans jamais se perdre. Il lui semblait connaître la ville tellement bien qu'il y rôdait comme une ombre. Esteban, dans son rêve, se glissait dans la peau du voleur.

9

Le lendemain, le miracle se produisit.
LMS 146…

Les chiffres apparurent dans son esprit. Esteban roulait et il ralentit en voyant une voiture venir. Malgré le contre-jour, il put distinguer deux lettres, L et M, puis la voiture passa à côté. Un homme à lunettes de soleil la conduisait et, quand elle fut dans le rétroviseur d'Esteban, il tourna la tête et lut le reste sur la plaque arrière : … S 749. Il fit demi-tour, remonta et la suivit. Les sens d'Esteban devinrent aigus. Il ne fallait pas éveiller les soupçons, il restait lointain, fronçait les sourcils pour mieux la distinguer malgré les pavés irréguliers qui le bringuebalaient. C'était un radio-taxi blanc comme celui du voleur, avec un panneau lumineux vert sur le toit.

L'homme s'arrêta, embarqua une cliente et se dirigea vers le sud. Esteban sur ses traces. L'homme repartit vers le centre, Esteban le suivait toujours, essayait, dans les virages, de déduire quelque chose du profil qu'il distinguait. Était-ce vraiment un miracle ? Et si ce type était un autre ? Et si c'était peine perdue ? 749 ou 146 ?

L'homme ne s'arrêtait pas, il enfilait les rues, les avenues, stationnait dix secondes pour prendre ou déposer un client, repartait dans les encombrements croissants de la ville sans jamais descendre de sa voiture ni se montrer. Esteban soupira et vit que la voiture prenait vers Alto Sopocachi, qu'elle était vide de client et roulait à un rythme différent. Dans une rue à peu près plane, devant un trou fait dans un mur, la voiture se gara. Un homme en sortit et Esteban, les yeux ébahis, vit que oui, c'était bien un miracle. Il avait regardé dans sa direction, le visage dans le soleil, et c'était lui. Ces fines moustaches, ces pommettes un peu anguleuses et les tempes dégarnies, pas de raison d'en douter, ce ne pouvait être que lui. Il alluma une cigarette et savoura la vie retrouvée. Il avait son point d'accroche, l'agence où il le retrouverait forcément si, par distraction, il venait à le perdre. Et puis la valise allait réapparaître, il la remettrait à Horacio en mains propres. Le problème est réglé, dirait-il, et il prendrait l'air détaché. Horacio se retiendrait de dire chapeau, mais il le penserait et ils fêteraient ça au milieu de filles, dans un entrelacement de jambes.

L'homme sortit dans la lumière, se pencha en arrière pour s'étirer et montra tout son profil qui conforta Esteban dans sa conviction. Il ne pouvait plus y avoir de doute, la coïncidence entre la plaque et la ressemblance physique du bonhomme avec celui qu'il avait braqué faisait sens. Quand la cible eut passé l'angle du pâté de maisons, Esteban démarra derrière elle et la filature reprit, plus à distance. Entre les deux voitures, environ cent mètres. Les deux hommes roulaient, s'arrêtaient, repartaient, tirés poussés par la pulsation de la ville. On monta au-dessus du cimetière, on prit des routes et des chemins, puis on s'arrêta dans un endroit qu'Esteban trouva froid et brumeux. On approchait là des hauteurs pelées de la ville d'où coulaient ce soir des nuages. L'homme descendit du taxi et referma la porte derrière lui. Esteban vit quelques lampadaires s'allumer et une voisine qui éternuait à sa fenêtre. Un gros chien passa, se figea devant la voiture, tourna la tête et le regarda dans l'obscurité naissante. Esteban détourna les yeux et surveilla la porte, qui s'ébranla. L'homme sortait et reprenait le chemin de sa voiture quand le portail se rouvrit pour laisser passage à ce qui semblait être sa femme. Elle lui déposa quelque chose dans la main et rentra. Puis la cible remonta dans sa voiture et repartit.

Esteban n'avait décidé ni du moment ni du lieu, il apprivoisait les circonstances. Le coup de gâchette final viendrait en temps et en heure, peu importait quand et où. Pour Esteban, le meurtre qu'il allait perpétrer avait quelque chose d'abstrait, de vague. Il pensait à son geste, l'imaginait à certains endroits, à certaines heures, tôt le matin dans une rue déserte, dans le crépuscule d'un terrain vague, dans des précipices de poussière, dans l'ombre d'un mur. Esteban se figurait des scénarios impensables, rendait son acte plus lointain, s'évitait d'y penser sérieusement. Ce fut sous le coup d'un essoufflement soudain que sa rêverie chercha à se préciser. Il voyait un rendez-vous, sur un chemin ou sur le pas de sa porte. Il pouvait l'exécuter à la sortie du *comedor* où la cible allait déjeuner ou là, maintenant, s'arranger pour monter dans son taxi, l'amener vers les hauteurs de la ville et l'abattre. Mais il pouvait aussi attendre que la cible tout d'un coup s'expose, ou que l'occasion décide.

21 heures et quelques s'affichaient quand le voleur reprit le chemin de sa maison. À quelques pas de là, Esteban se gara le long d'un terrain de sport, sous un réverbère en panne. Il regarda les alentours et vit un chemin escarpé qui ouvrait sur un terrain vague où poussaient de hautes herbes. Au-delà, des eucalyptus remuaient. Esteban ouvrit sa vitre et entendit venir le frémissement de la ville avec le vent frais du soir. Puis il remonta son manteau sur ses épaules, rabattit son siège et s'endormit.

Non loin, le voleur, sa femme et ses enfants dormaient eux aussi, se disait Esteban dans son sommeil. Il se vit entrer dans la maison, ouvrir la porte tout doucement, se faufiler sur la pointe des pieds, dans un bruit de murmure. Le voleur dormait bien là, aux côtés de sa femme et de ses enfants dont l'aîné avait les yeux mi-clos et donnait l'impression de voir. Esteban prit son arme, en enveloppa le canon avec un torchon et le pointa sur la tête de la cible. À ce moment, une paupière de l'enfant bougea, se leva un peu plus, laissant ouverts les trois quarts de la prunelle.

Il semblait voir. Esteban eut un sursaut et s'enfonça dans un coin plus sombre de la pièce, à distance du rai de lumière que projetait le lampadaire. Pendant ce temps, les paupières de l'enfant se refermèrent et il revint près de la cible qui dormait dans de grands ronflements. Alors qu'il se demandait s'il fallait tuer pendant une phase d'expiration de la victime ou dans une phase d'inspiration, surgi de l'ombre, apparut l'enfant qui marchait, comme un funambule, raide comme un I, et qui le fixait sans le voir. Esteban remua, sentit le froid s'insinuer et se défit de son rêve.

Dehors, une main frotta la vitre pour enlever la buée puis, parce que la condensation s'était faite à l'intérieur, toqua. Esteban se réveilla soudain et se frotta les yeux, le cœur battant. Il ne voyait pas dehors, essuya la vitre, découvrit une visière de casquette de police et deux yeux qui le regardaient. La main toqua encore, Esteban descendit la fenêtre avec la manivelle. Les yeux sous la visière regardaient à l'intérieur, passèrent une seconde en revue le contenu de la voiture.

— ?…

— Qu'est-ce que vous faites ici ? Vous attendez quelqu'un ?

— Personne, mon Lieutenant…

Il ne voyait pas encore d'explications à donner, il feignit de ne pas pouvoir se remettre de son sommeil, se raccommoda sur son siège de façon bancale, se frotta à nouveau les yeux, fit mine de s'écrouler, voulut faire pitié pour se débarrasser du visiteur. Il expliqua son divorce, sa soirée, les copains, la famille, la mariée et les bouteilles de bière entassées autour des pieds de la table… Le policier, à cause de la longueur de l'explication, le considéra avec des yeux lointains.

— Ça va, reposez-vous bien.

Esteban ne put se rendormir et vit l'aube se lever.

Il suivait le voleur dans les rues, les yeux lourds, avec le sentiment qu'avoir veillé presque toute la nuit lui donnait une longueur d'avance. Ils se garèrent à quelques dizaines de mètres l'un de l'autre, allèrent au même *puesto* où quelques femmes dressaient les tables sur le trottoir, près des marmites qui chauffaient. Quand tout fut installé, Esteban vit l'autre s'asseoir et fit de même presque en face. Sa cible, même si elle pouvait imaginer que son assassin rôde, ne pourrait concevoir qu'il vienne à sa table. Il le fixait, détaillait le nez fin, le menton pointu, les mâchoires taillées, la moustache fournie et l'œil fermé par le soleil rasant. Ils prenaient le café face à face et l'expression concentrée d'Esteban sembla gêner son vis-à-vis. Esteban le perçut et se fit plus naturel. L'autre penchait la tête sur son café, la relevait, la tournait de droite et de gauche, la replongeait dans sa tasse, en buvant le regardait sans voir. Esteban pouvait le jauger mais, à cause d'une variation de lumière, le visage du taxi prit une allure différente qui le fit douter un instant. Était-ce vraiment lui ? Faudrait-il descendre les taxis de la ville un à un pour vérifier tous les coffres ? La peur amenait-elle la mémoire et l'imagination à se rejoindre ? Esteban se décala et le visage du voleur apparut de nouveau sous un jour plus sûr.

Ses mains se réchauffaient à la tasse qui communiquait à tout son corps une chaleur endormante. Il dodelina de la tête et se dit que dans cet état de fatigue, tout se ferait comme dans un rêve. Alors le voleur se releva, paya sa note et partit. Esteban le suivit et lâcha sa piste au bout de quelques encablures pour aller stationner près de la centrale où l'homme viendrait manger à midi. Là, dans la chaleur commençante du matin, il se gara à l'ombre d'un arbre et termina sa nuit.

La vue de la mort ne le glaçait pas, il avait vu des types se faire exécuter et il était habitué à la peau froide, au relâchement des mains. L'immobilité invraisemblable du visage mort, un visage qui s'était dessiné sur les macchabées qu'il avait regardés, la même expression de monde inversé gravée dans la peau. La mort avait pris les traits d'une image qui l'habitait sans l'inquiéter parce qu'elle avait pris corps devant lui. Pourtant quelque chose le perturbait, aussi Esteban se réveilla.

Le voleur mangeait un énorme sandwich au steak, aux oignons et à la laitue en face de sa centrale, assis sur le capot de sa voiture. Esteban, que la faim tenaillait, le regarda avec envie. Il ferait le travail aujourd'hui, c'était sûr, mais pas dans le jour cru ; ce serait ce soir, au crépuscule ou en pleine nuit. Il le regarderait une fraction de seconde avant de l'exécuter, pour qu'il comprenne le châtiment, juste avant de partir. On allait payer ses jours d'errance à lui, les menaces faites à ses enfants, la tension et le souffle coupé par le dénivelé de la ville. Alors la pensée d'Esteban s'approfondit, il repensa au cours des choses, se rappela qu'il avait fait signe au taxi, qu'il était entré, qu'il avait sorti son arme et l'avait pointée dans le creux de sa nuque.

Toute l'après-midi ils tournèrent et, pendant la filature, Esteban sentait ses forces s'exaspérer. Il cherchait à ralentir, mais le sang dans son corps tournait plus vite, il affluait par à-coups. Il fallait en finir au plus vite. Le sentiment d'urgence s'empara de lui, il entendait comme la cloche qui sonne l'heure, un bruit de coup de feu traverser son crâne, périodiquement, il voyait un corps s'affaler. La mort à venir de l'autre devenait presque tangible. Il la touchait du doigt. Quelques minutes plus tard, il s'arrêta en face du bar où l'autre était monté rejoindre des camarades, alluma une cigarette dans la voiture et attendit.

L'attente durait, la tension monta d'un cran. La nécessité du meurtre rôdait en lui, venue d'il ne savait plus où, et il se laissa bercer. Il entrerait dans le bar, calmement, il monterait les escaliers, se retrouverait dans la salle, essaierait de se faire oublier, se dirigerait à la table du voleur qu'il tuerait d'une balle. Il menacerait tout le monde et tout le monde se coucherait sous les tables, il courrait dans les escaliers, mais traverserait la rue d'un pas calme. À moins que, à moins que – et Esteban se trouva soudain plus raisonnable – il n'aille ouvrir le coffre de la voiture du voleur. Il aurait la valise tout de suite, et la conscience plus légère. Mais l'option comportait des risques. Une fenêtre qui s'ouvre, à laquelle on crie au voleur, un voisin qui sort, puis deux, et puis le voleur qui descend après avoir regardé par la fenêtre, qui se retrouve face à face et le reconnaît.

22 heures. Esteban se dit qu'à cette heure tardive, difficile de suivre sa cible sans éveiller de soupçons tant les rues s'étaient vidées. Il se rendrait chez lui et là, donnerait rendez-vous et congé à la fois. Autour, les rues désertes, seul subsistait un cabanon où une femme préparait à la hâte ses derniers hamburgers. Esteban vit sa chance et se fit préparer un dîner auquel il fit rajouter la quantité de viande du déjeuner raté. Il mangeait en tournant le dos à la femme qui commençait à ranger ses affaires. Elle empocha l'argent et il traversa la rue vers sa voiture qu'il reprit et gara à quatre pâtés de maisons de chez la cible. Esteban habituait ses yeux à l'ombre, un peu plus dense du fait que les maisons s'amassaient, plus proches les unes des autres.

Alors sa conscience vacilla – l'hypothèse du voleur hasardeux le reprit soudainement et il s'imagina le coupable, flânant les mains dans les poches et le pas insouciant. Des nuages dévalaient les rues. La valise serait-elle dans le coffre ? Avait-il déjà tout vendu ? Vide ? Serait-elle pleine ? Fallait-il attendre, interroger le type revolver au poing, faire ouvrir le coffre, entendre des mensonges qu'il ne pourrait pas démêler de nuit ?

Il se convainquit que le hasard devait s'en mêler. Il tuerait, ouvrirait le coffre et verrait. S'il n'y avait rien, le voleur s'enterrerait avec le secret et lui serait bon pour la fuite. Minuit. L'homme arrivait, les phares s'approchèrent.

Il gara sa voiture devant la grande porte et ouvrit sa portière pour descendre. Esteban agit vite. Il sortit de la sienne sans faire de bruit, marcha vers l'homme qui se retourna au moment où il allait sortir son arme. Il remit ses mains le long du corps, s'approchant, baissa la tête, joua avec les ombres.

— Excusez-moi. Je suis perdu. Je cherche la maison d'un certain señor Alvaro Ramirez. On m'a dit qu'il vivait par là.

— Je ne sais pas. Je ne connais pas de Ramirez par ici.

— Merci, bonne nuit.

— Bonne nuit.

Esteban fit mine de partir, l'autre se retourna pour aller ouvrir le portail et, au moment d'entrer la clef dans la serrure, prit une balle en pleine tête.

Esteban arracha les clefs du contact, ouvrit le coffre et y vit ce qu'il cherchait, couvert de poussière. Un cri résonna à quelques mètres, il prit la valise en une seconde, remonta dans sa voiture en deux et partit en trois. Il respira d'abord mal, puis recouvra son calme dans la descente des rues. On ne pouvait plus le retrouver. Le voleur était mort et il n'avait pas eu le temps de voir venir sa mort, ce qui valait mieux, après tout.

Pour lui, la vie reprenait son cours et il sentait l'espace s'ouvrir. L'air lui paraissait clair et le vent consistant. Il supposa que la valise n'était peut-être pas la même, le taxi l'avait peut-être changée pour plus de commodité ou de discrétion. Dans les tournants, elle remuait dans le coffre et en cognait les parois. Il s'arrêta, prit une chambre et y monta, la gorge nouée. La valise était posée sur le lit, elle ressemblait à un sac. Esteban s'en approcha, la dépoussiéra, vit des couleurs et une texture étranges. Un malaise le saisit. Il se reprit, l'ouvrit. Quand il souleva le couvercle du sac, il écarquilla les yeux et poussa un « non ! » de stupeur.

Au bord du précipice, à la merci d'un coup de vent et les yeux dans le vertige, la nuit d'Esteban fut calamiteuse.

Le lendemain matin très tôt il se leva. Il but son café, épuisé, les paupières tombantes. Il se voyait reparti dans les rues, le pas lent et le crime d'un innocent sur les épaules. L'étau se resserrait, la police pouvait être sur ses traces et les sbires d'Horacio, s'ils avaient assisté au meurtre, ne tarderaient pas à savoir qu'il n'avait servi à rien. À une cinquantaine de kilomètres, on voyait l'Illimani, luisant dans l'aube. Entre la rue où il marchait et le sommet de la montagne s'étendait une épaisse couche de nuages qui recouvrait toute la ville et qui en assourdissait la rumeur, comme un écho silencieux, un long tapis blanc sur lequel son regard dérivait. Un rideau de *tienda* se leva, Esteban se retourna et vit la propriétaire en ouvrir la petite grille et sortir des panneaux de publicité rouges. Il marchait. Dans une maison jaune, par une fenêtre ouverte il entendit les rires cinglants d'une fin de beuverie. Son souffle faisait de la vapeur dans l'air, il respirait à longs traits pour se dégager de l'étreinte que faisaient peser sur lui les événements. Il fallait téléphoner à Horacio, tout lui expliquer et repartir dans la ville l'esprit serein. Il ne se rappelait plus très bien quand la rencontre d'Horacio avec les Péruviens se ferait, mais il devait bien lui rester du temps. Esteban trouva une rue presque horizontale et la prit. Il marchait sur le pavé suintant de rosée. Ses pas le guidaient tout seul et là, dans ce matin piquant, il ne cherchait plus. Il divaguait, bifurquait au hasard, s'arrêtait au sommet des montées, redescendait, les yeux ailleurs. Le grand tour. Dans un coin de rue où un courant d'air perpétuel passait, la rosée devenait givre.

Sa montre indiquait 7 heures et la rue se mettait en mouvement. Trop tôt pour appeler Horacio. Que dirait-il ? Une valise qu'on ne retrouve pas, des Péruviens peut-être sur la route, un mort innocent, que pouvait-il en dire ? Sans croire vraiment aux solutions qu'il comptait suggérer, Esteban se dit qu'un délai raisonnable de deux heures avant d'appeler Horacio lui laissait du temps. Il glissa sur un pavé encore blanc, se rétablit, marcha avec prudence, raidit son corps. Après le coup de téléphone à Horacio, il faudrait reprendre la voiture, arpenter la géométrie de la ville. Il repasserait d'un quartier à l'autre, longerait des avenues sur les hauteurs, plongerait par un dédale de rues, remonterait de l'autre côté, bifurquerait sur trois cent soixante degrés pour dévaler de nouveau la pente, comme une boule d'acier qui va et vient entre les parois d'une cuve. Bien sûr il roulerait, chercherait. Mais l'heure était amère et le temps au gâchis. La balle qu'il avait tirée dans la tête du type traversa la sienne en un bruit qu'il entendit claquer, coup de fouet dans le vif de l'air.

Il leva la tête, voulut poser les yeux sur les choses sans penser, mais n'y parvint que par instants. Parfois, une odeur de friture le distrayait, ou une femme qui courait la main sur le chapeau, ou encore un chien qui frayait son chemin entre les jambes des passants. Esteban marchait cependant d'une marche involontaire, une énergie s'emparait de son corps qu'elle tendait comme un nerf. Il avançait compact dans l'air et la peau de son visage se glaçait. Dans sa tête, Esteban se sentit à l'étroit. Ses idées d'issue, parfois ingénieuses, rebondissaient entre les murs d'un couloir sombre, la ville le tenait, il en dépendait. Un klaxon sonna au moment où il posa le pied sur la chaussée, un rétroviseur de minibus rasa son visage. Esteban traversa et, dans un coin à l'ombre du soleil aveuglant de 8 heures, s'arrêta. Comment avait-il pu s'abuser de la sorte ? La face du type, à la rigueur. Tout s'était joué à la dérobée, il n'avait pu que l'entrevoir. Mais la plaque d'immatriculation ?

10

René, les yeux ouverts sur un destin qu'il ne voyait plus, s'assit à table comme une absence de passage. Devant lui s'ouvraient dans le matin clair des perspectives qui s'élargissaient entre les montagnes – mais le regard de René, sa tasse de café entre les mains, se vissait au vide. Il buvait prudemment pour ne pas se brûler en soufflant du bout des lèvres, contre le rebord métallique, un air à peine moins froid que celui du matin. Le café se ridait en ondulations, René le humait, aspirait, s'humectait la gorge et avalait peu à peu, les yeux loin des choses, entre le sommeil et la conscience, là où l'être flotte.

Il émergeait, se dégageait avec lenteur d'une nuit profonde. Ses mains engourdies tripotaient la tasse, mais n'en sentaient pas encore la chaleur. Puis ses doigts retrouvèrent leur sensibilité et ses paumes se réchauffèrent. Son corps devint moins rigide, s'anima, il tapota des pieds par terre, étira son cou, courba le dos et se rassit pour avoir le soleil sur les épaules.

L'impression de souplesse s'accentua. Il trempait son beignet dans le café et ensuite le sentait glisser dans l'œsophage. Dans ce froid matin, René prenait doucement consistance. Dans les façades des immeubles au loin, les lumières s'éteignaient à mesure que le jour poignait. René se sentit complètement levé quand il se passa la main sur la nuque et constata qu'elle se réchauffait comme pierre au soleil.

Depuis plusieurs jours, la valise l'accompagnait où qu'il aille et René gardait toujours un œil sur la voiture. Il la regardait, fixait le coffre dont il imagina l'intérieur, la valise noire sur la couverture. Dans quel autre endroit pouvait-il la cacher ? Chez lui, c'était impensable, chez un ami, pas raisonnable non plus. Quant à la solution qui consistait à l'enterrer de nuit au fond d'un champ quelque part dans l'Altiplano, un paysan pouvait la déterrer. Aussi René imaginait toujours des embûches, la fouille d'une patrouille, de nuit, par un mauvais tour du hasard, l'interrogatoire dans le vent, la justice et la prison et ses dangers, pendant des années.

D'ici quelques minutes il prendrait sa voiture, s'étourdirait dans les rues et oublierait, se déferait dans les courants d'air de la chape qui pesait sur lui. Depuis quelques jours, c'était comme ça. Il roulait pour que le temps devienne plus flou, il conduisait comme un automate, pour oublier ses rêves de disgrâce, de fortune ou ses fantasmes de maison cachée dans la jungle, pour mettre un terme au balancement à vide du jour.

Ce matin-là était radieux et donnait à sa fuite en avant quelque chose de lumineux. À sentir l'accélérateur nerveux et la stabilité de sa voiture, René se sentit presque intouchable. Depuis quelque temps et plus que d'habitude c'était ainsi : le défilé des choses les rendait plus abstraites, elles passaient avec la légèreté d'un souffle et René plongeait dans un état d'hypnose ambiguë. Les yeux posés sur les rues, les passants, les maisons, son imagination dérivait dans des domaines où des femmes en nombre riaient toutes avec espièglerie, nues derrière des arbres à fleurs ; sur des terrains où il marquait des buts, dans des chemins où des gens se retournaient et montraient un visage impassible, dans une automobile chère au fil d'horizons changeants.

René avançait en funambule et le soleil s'ajusta à hauteur de midi. Il tapait sur la tête des passants qui pour certains cherchaient l'ombre. L'air sec donnait à la rumeur de la ville une tonalité nette. Il l'entendait depuis les rues haut perchées où il passait et d'où il regardait les parois de l'immense dépression que formait la ville. La lumière blanchissait l'air et on ne distinguait les maisons d'en face qu'à travers une brume immobile et aride.

Les gens dans la rue marchaient tête courbée. René leva la sienne ; devant lui des jambes passaient, langoureuses, sur un rythme différent de celui de la rue. Un balancement maritime, une houle paisible. Elle allait se perdre à tout jamais dans la cohue, dans les rues, il le voyait bien. C'était comme ça tous les jours, des gens qui se perdent dans la foule. Puis il oublia, car l'enchevêtrement de fils électriques sous lesquels il passait et repassait tissait dans sa tête comme une toile. Le flux de son imagination reprit, mais ce qu'elle déployait finissait par s'immobiliser dans l'esprit. René conduisait pour chercher le mouvement et, malgré le courant d'air qui passait par la vitre ouverte et les gens qui défilaient, il percevait tout ce que l'atmosphère avait d'inerte. Bloqué, au point mort, il avançait comme on patauge, comme on se débat, quand on marche dans le vide.

Il ne savait plus rien. Vendre, s'en débarrasser, la rendre, prendre un coup de feu en guise de remerciement, tout ça, c'était pareil, René décrochait. Si la valise était encore dans le coffre, il ne pouvait même plus le dire avec certitude. Quant à l'idée d'ouvrir pour vérifier, elle était vaine, René le sentait. Alors il roulait.

Quand il était parti ce matin, il avait dit au revoir à ses enfants avec l'idée, comme tous les matins depuis quelques jours, qu'il ne les reverrait peut-être pas. Le regard qu'il portait sur Jimena avait aussi changé, elle se mouvait dans un autre monde, comme à travers la vitre quelqu'un qu'on appelle et qui n'entend pas. Ce matin, il avait vu qu'elle devenait floue, qu'elle s'affairait à des choses qu'il comprenait mal. Quand il avait claqué la porte de la maison, René avait secoué la tête, essayé de trouver le chemin d'une idée qui rôdait depuis le réveil, n'y était pas arrivé, était monté dans sa voiture.

Il roulait et l'après-midi allait sur sa fin. Un client lui raconta sa vie qui commençait à être longue, sa vie d'infortune, de poulet déplumé par la roue chaotique du destin. Ses malheurs s'accumulaient et la liste qu'il en fit accabla René qui souffla doublement quand le type sortit. Le soleil déclinait et passait sous la ligne des nuages dont le ventre se colorait de mauve. Un autre client fit des pronostics sur le temps et sur le championnat. René entendait des voix qui montaient dans son taxi, qui égrenaient des mots sur un fil qu'il tenait du bout des doigts, et que souvent il lâchait.

Il roulait posément, les yeux mi-clos à cause du soleil rasant. Des trous et des bosses où sous l'asphalte la terre se dérobait. Sa tête partit un peu de droite et de gauche, mais retrouva l'équilibre. L'agitation de 17 heures montait. René slalomait entre les voitures, accélérait sans le sentir. D'instinct, il prit un itinéraire qui descendait. Dans la Mexico, la pente s'accentuait et la voiture fonçait. Il arriva sur la Plaza del Estudiante, évita quelques accrochages, fit une queue de poisson à un minibus. Une vitre s'ouvrit.

— *Carajo !*

Il rasa le policier qui réglait la circulation à l'embranchement de la Seis de Agosto, entra dans la Aspiazu, la Sanchez Lima et descendit par la Kantutani où ses pneus crissèrent et passèrent à un fil de la bordure du trottoir. René roulait à vide et entendait les collègues converser par radio. « Le chien » cherchait du change et le Péruvien en avait. Pablo demanda le prix d'une course qu'il avait à faire dans un quartier inconnu. D'autres plaisantaient. René sourit. Dans un virage, la voiture se pencha et dérapa sur du gravier qui s'était amassé là. Il contre-braqua et rétablit le véhicule. L'adrénaline le fit ralentir et il prit la montée de Llojeta, en direction d'El Alto.

Le type qui avait déposé la valise dans la maison le poursuivait peut-être, il l'avait peut-être repéré. Comment ? On ne savait pas. Et de toute façon, à quoi bon savoir ? S'il était repéré, on attendait qu'il fasse un détour par un quartier sombre pour profiter du vent qui emporterait avec lui le bruit de la détonation. René se vit jeter la valise dans un profond ravin, chercher sa femme, ses enfants et s'enfoncer dans des chemins déserts bordés de forêts épaisses. Il leur dirait en route, il leur expliquerait qu'ils ne pourraient plus jamais revenir à La Paz et ils répondraient « c'est rien, mon chéri, c'est rien, papa », et tout irait bien. Mais René n'osait y croire et son esprit s'embrouilla. Il roulait dans la montée, les yeux vers le ciel, calé dans son fauteuil par la gravité.

Le ventre des nuages virait au bleu, un bleu qui se détachait sur le fond du ciel. À présent, il ne cherchait plus de clients, ne scrutait plus les trottoirs à la recherche d'une main qui s'y tendrait pour l'appeler et aller à l'autre bout de la ville. La voiture passa sur un trou. La secousse sortit René de son inconscience et il regarda au loin. Le trafic grossissait, c'était celui de 19 heures qu'il évitait d'habitude. René n'aimait pas monter des pentes raides dans des bouchons où il fallait jouer de l'embrayage, du frein, de l'embrayage, de l'accélérateur et de l'embrayage dans un tintamarre d'échappements. Cependant il roulait. Ce soir, ils fêteraient l'anniversaire de Nico, et René avait encore du temps, il pouvait continuer à chercher le mouvement, la distraction, l'œil vague. S'il s'arrêtait, posait le pied, il toucherait à peine terre, René le savait. Alors il roulait.

Dans le centre ça circulait à plein, les gens s'entrecroisaient, se mêlaient et se perdaient en haut, le long des rues qui montaient sous la forêt des fils électriques. Il faisait nuit, mais les nuages ressortaient du fond de l'obscurité, blanc brillant. René, bien que la fenêtre soit ouverte, percevait une sorte de mutisme dans la foule. Parfois un cri trouait l'air silencieux ou un coup de klaxon, mais pour le reste, ça paraissait muet.

Il fit quelques courses, dont une l'emmena du côté de Villa Copacabana, dans une anfractuosité de la montagne. À Tres Cruces il baissa complètement la vitre et sentit l'odeur du porc frit que cuisinait une femme habillée de deuil. Peu après René reçut de ses mains, assis au fond de la pièce, un sandwich plein de viande, de salade, de tomate et de sauce qui piquait. Il le fouillait de ses doigts pour en croquer les morceaux de peau grillée, boursouflée, couleur caramel. Quelques voitures passaient d'un trait glissant. René marchait satisfait, il allait à la fête le ventre plein. L'alcool monterait doucement, il mettrait du temps à sombrer.

Nico, dans son fauteuil, trônait au milieu d'hommes déjà bien éméchés. « Le chien » passait des coups d'œil circulaires sur la salle, la balayait. Il vit le premier René arriver qui montait les marches et dont la tête apparaissait. Il sourit.

Une heure plus tard, on comptait les bières autour des pieds de la table. On était sept et il y avait vingt-huit cadavres, tout allait bien. On se congratulait. Un des collègues regardait dans la bouteille monter les bulles, l'esprit dépassé, englouti dans une marée chaude. On se racontait des histoires qui se décousaient et dont on n'entendait plus que des bribes saisies parfois au vol. Il y était question d'accidents, d'injustices d'arbitres de football, de femmes, d'infidélités en tous genres, de types qu'il faudrait cogner. « Le chien », qui évoquait une grave offense qu'on lui avait faite, lâcha :

— Lui, je vais lui casser la tête.

Et il laissa tomber son poing sur la table avec un bruit de pierre. Dans ses yeux, une rage d'alcool endormi.

René servit un verre au « chien » qui le prit, posa ses coudes sur ses genoux et, penché, regarda la mousse fondre.

René voyait droit devant lui et n'écoutait plus le peu de mots qui sortait des bouches. Puis ses esprits le reprirent. Les voix montèrent, les têtes se relevèrent, l'échange devint vif. Alors il sentit un souffle, comme si toutes les fenêtres s'étaient ouvertes, un courant vivifiant passait dans l'air. René, qui sentait son idée prendre forme, se concentra. Une porte vola et laissa voir un vent paisible parcourir un espace rieur et serein. Une solution. On pouvait prendre le problème dans n'importe quel sens, c'était la meilleure solution.

Et elle était simple. Pourquoi n'y avait-il pas pensé ? Cela lui échappait. René regardait à la fenêtre embuée par l'haleine et la sueur des buveurs. Il faisait le tour de son idée et se dit qu'elle était imprenable. Il téléphonerait à la police antidrogue : « Oui, bonjour, Monsieur, je ne peux pas encore vous révéler mon identité. J'ai en ma possession une dizaine de kilos de cocaïne de première qualité. J'ai des informations sur une organisation narcotrafiquante. Bien sûr, tout cela a un prix. Des gens sont à mes trousses et il me faut de l'argent pour mettre femmes et enfants à l'abri, loin du pays. » René avait entendu parler de Buenos Aires où un oncle travaillait comme mécanicien. Une ville immense, un monde où personne ne les retrouverait et où ils vivraient tous riches. Ils mangeraient bien, ils iraient voir la mer, à des matchs de Boca Juniors. Il changerait de nom, se ferait oublier et oublierait. Un poids tombait de son cœur qui retrouva du même coup une cadence moins torturée. Ses poumons se regonflèrent, aspirant l'atmosphère tout alentour. René avait, très intérieurement, le sentiment d'un accord général de l'esprit.

Son voisin parut soulever sa tête de la table, mais elle retomba. René eut l'impression que le verre qu'il tenait dans sa main était plus vrai que jamais et il le leva, *salud*, pour mettre les compères au pas de son réconfort.

Dehors, le silence annonçait la sérénité de l'avenir. Les autres étaient partis et René respirait, la tête à moitié renversée par l'alcool et le bonheur. Il roulait. Pour que la nuit fraîche sèche ses tempes et entre dans la voiture, il baissa la vitre. À chaque passage de réverbère, une lumière orange lui frappait l'œil.

Près de chez lui, on voyait, courant sur le fil de la nuit, des nuages flotter au-dessus des immeubles. Il prit à droite et s'arrêta devant la porte, descendit de sa voiture et marcha quatre mètres en cherchant ses clefs. Il perçut – mais sans s'expliquer réellement pourquoi, parce que l'alcool l'avait rendu vague – qu'on s'approchait de lui. Il oublia, ne se retourna pas, ne voulait pas voir venir, au cas où ça devait venir. Mais lorsqu'il sentit se poser contre sa nuque un objet métallique, il comprit tout d'un coup à la profondeur de la nuit qu'il était très tard et que les espoirs conçus tout à l'heure allaient s'envoler comme par magie. On l'avait finalement retrouvé. Mais comment ?

Une odeur de brûlé fit exploser son cerveau.

Le bruit d'un coup de feu fit pressentir l'irréparable et on hurla de l'autre côté de la porte. Un chien témoin de la scène s'approcha du corps par détours, flaira le sang, promena son museau autour de la tête immobile de René et, à la première porte qui s'ouvrit, s'enfuit dans la nuit.

Esteban roulait depuis deux heures et l'aube prenait le chemin du jour. Il longeait les hauteurs où quelques-uns marchaient vite, recroquevillés par le froid. Il fallait trouver un endroit calme, à l'écart de la ville. Plus haut sur sa droite on voyait un trou d'ombre dans la paroi. Là les lumières s'arrêtaient, bordant un cratère de plus en plus grand à mesure qu'Esteban en approchait.

Au fond de l'endroit planté de grands eucalyptus s'éteignait la rumeur de la ville. Esteban se sentait comme au milieu du silence. Il tâta le sol de son pied et entendit un craquement de branches dans l'air. Il leva la tête, s'accroupit, devina les contours des choses autour de lui. Le calme s'était refait. Il planta un bout de bois rigide dans le sol et creusa une trentaine de centimètres. Dans sa poche il prit l'arme, en distingua la forme diffuse dans l'ombre, la jeta dans le trou et la recouvrit de terre et de branchages morts. Il s'éloigna de quelques pas, se retourna pour observer. Même au courant, on ne pouvait rien voir ni deviner. Quant au promeneur distrait, pouvait-il imaginer quoi que ce soit ? Avant de sortir du bois, Esteban épia les alentours. Deux femmes discutaient à un angle de rue et partirent chacune d'un côté. Le quartier sembla se dégager. Ses paupières palpitaient de sommeil et il atteignit sa voiture les yeux mi-clos.

Deux personnes qui passèrent à côté du véhicule éclatèrent de rire et réveillèrent Esteban qui, en se redressant sur son siège, vit leurs silhouettes s'éloigner en se secouant de joie. Qu'est-ce qui les faisait rire ? Une plaisanterie qui aurait éclaté par hasard juste au moment où ils passaient à côté de la voiture ? Lui ? Une blague sur l'infortune d'un type qui dort dans une voiture garée nulle part au milieu de la nuit ? Esteban chercha : « Regarde-le, lui, elle l'aurait pas jeté dehors, sa femme ? ». « Tellement envie de conduire qu'il est resté au volant toute la nuit » ? Ou bien « il s'est endormi en cherchant ses clefs » ? Cette dernière idée le fit sourire et il se cala de nouveau sur le siège. En se cabrant, il fouilla sa poche et en sortit un portable qui marquait 3 heures. 2 h 57, en réalité. Mais la nuit, l'heure s'arrondit. Quand Esteban ferma les yeux, la sensation d'une lueur les lui fit rouvrir. La lune, quasiment pleine, projetait un halo sur la vitre et faisait lampe de chevet. Pourquoi ne l'avait-il pas vue quand les rigolards étaient passés ?

— L'esprit ailleurs, se répondit-il. L'esprit ailleurs, répéta-t-il pour se bercer.

Il pivota sur le côté pour tourner le dos à la lumière et s'accrocha au poids de l'oubli pour plonger vers les profondeurs de la nuit.

Mais pendant qu'il dormait, le halo lunaire se dilatait ou se rétractait et les paupières d'Esteban s'ouvraient ou se refermaient. Clignotement indifférent de l'astre ? Clin d'œil ? Mais à quoi ? Obsession propre à Esteban ? Il se releva, sans redresser le dossier du siège, mit le contact et conduisit jusqu'à un endroit où l'éclat de la lune disparut à l'ombre d'un grand mur. Combien de temps avant qu'elle ne passe de l'autre côté des montagnes ?

Moteur éteint, toute vibration cessa et on s'affaissa dans un sommeil profond. L'effroi primitif de la nuit, dont ne le séparait qu'une mince couche de verre, ne l'atteignait plus. Toute crainte d'une menace qui sortirait de l'obscurité toutes griffes dehors s'effaça. Esteban flottait paisible dans le noir absolu.

Vers 9 h 30, le soleil traversa le pare-brise et l'atteignit en plein visage. Il se réveilla, se releva, observa alentour. Peu de gens. Esteban descendit, prit par le bas de la rue et trouva un centre d'appel téléphonique où pendaient des affiches fluorescentes. Plusieurs fois il se trompa de numéro, puis :

— Allô ?

— Allô, c'est Esteban.

— C'est fait ?

— Oui, c'est fait.

— J'ai appris ça dans les journaux.

— Oui, c'est bel et bien réglé, maintenant.

— Comment t'as réussi à retrouver le bon, finalement ?

— Je me suis débrouillé.

Point mort.

Horacio reprit :

— Les Péruviens ont de toute façon besoin d'une marge supplémentaire pour se libérer de certaines obligations… Mais c'est bien qu'on n'ait plus ce souci sur les bras.

— Oui, finalement, ça s'est bien arrangé…

— … « Bien », c'est pas un peu fort ?

— Si, bien sûr.

— Écoute, Esteban, il va falloir que tu te fasses discret. Disparaître de la circulation au moins pour un temps.

— C'est plus prudent.

— Oui, c'est ça, c'est exactement le mot. Écoute, tu as fait du bon boulot, Esteban, mais maintenant, il faut penser à te protéger, toi et l'organisation... Je peux te loger dans une hacienda à Santa Cruz, le temps que tout retombe...

Dans l'air revenait comme un boomerang aveuglant et sifflait au fond de son oreille la réplique tranchante : « "Bien", c'est pas un peu fort ? ». Ces mots avaient mis le feu aux poudres. Sortie soudaine et brutale après tant de précautions, comme un bouillonnement de meurtre irrépressible. Esteban s'affola et se livra à des interprétations imprégnées d'adrénaline. Pourquoi lui parler de cette marge ? Disparaître de la circulation ? Ça voulait dire quoi ? L'enterrer sous un tapis de feuilles dans un coin d'hacienda entouré d'arbres épais ? Pourquoi ce discours protecteur ? Pour l'amadouer ? S'assurer de récupérer la valise et le liquider ensuite pour traiter le mal par la racine ? Se souvenait-il l'avoir entendu l'appeler Esteban ? Ça voulait dire quoi « protéger l'organisation » ? Esteban ne se disait pas tout ça, il le sentait au plus profond de sa peur animale et ça lui tenait lieu de force, la tête enfoncée dans le silence.

— Esteban, tu m'entends ?

— Oui, oui, je t'entends. Oui, c'est une bonne idée. C'est plus prudent.

Il se trouva bête de le répéter. Horacio, mi-doux, mi-cinglant :

— Voilà, c'est ça.

Ce dernier mot d'Horacio le glaça, il y entendait la confirmation de sa propre soumission. Un « t'as bien compris », bien méprisant.

— Demain je passe te chercher. À 23 heures.

Puis il raccrocha.

Pourquoi ne pas parler de la valise ? Évident, donc pas nécessaire ? Pour ne pas éveiller de soupçons en paraissant insistant ? Pour ne pas... ? Pourquoi 23 heures ? Pourquoi pas dans la journée ?

Dans la tête d'Esteban, la paranoïa poursuivait son processus de décoction.

Pouvait-il se débrouiller pour qu'ils retrouvent la valise au moment où il disparaîtrait dans la nature ? Il s'imagina ensuite, parti avec elle, se perdre dans la forêt et se frayer un chemin là-dedans jusqu'à la frontière. À jamais recherché, condamné à la perpétuité du mouvement. Par les vases communicants du destin, Esteban se sentait devenir René. Il s'ébroua pour vider son esprit, à l'affût guetta le retour de cette sensation poisseuse, mais rien ne vint.

La vie reprendrait son cours, il le sentait dans les objets devenus tout proches. Pour Esteban, dont le sentiment de revenir au monde durcissait, la clarté du jour, la plupart du temps si diffuse, lui paraissait palpable. La ville entière semblait connue, familière. Elle aidait les promeneurs distraits à retrouver leur chemin. Dans l'air il percevait une bonne disposition générale des choses, la complicité fidèle de la ville jusque dans ses murs. Un labyrinthe semé de panneaux « sortie », voilà ce qu'était devenue La Paz aux yeux d'Esteban. Alors la lumière fut tout à fait sereine, le souffle du vent, lent, et le crépuscule dura toute la journée.

Esteban, le long des arbres qui défilaient au bord de la route, eut une pensée pour René. Le soulagement qu'il éprouvait faisait ressortir des instincts altruistes de lui-même méconnus. Plus loin que l'attendrissement, dans la pitié. Magnanime, Esteban poussa la fantaisie jusqu'à s'imaginer à l'enterrement, passant la main dans les cheveux des enfants. Pourtant quelque chose le rebuta dans cette vision, les cheveux sales des gosses, la responsabilité de leur avoir enlevé leur père et le devoir d'y remédier un peu, la veuve qu'il s'imaginait collante, tout ça fit refluer sa vision qui se changea en image d'égout sec. La veuve éplorée, ses orphelins sous le bras, partait par un chemin gris dans un tube immense.

Esteban gara sa voiture sur les hauteurs d'Achumani, dans une petite rue ouverte sur le paysage. De toutes parts, les orgues immenses dressées comme de gigantesques pénitents de terre instable agglomérée de caillasse et de poussière. Un dédale de plis. Ici, il pourrait faire une sieste tranquille. Esteban porta la main à la portière, attendit en regardant tout autour et ouvrit. Il descendit et gratta une chiure d'oiseau tombée sur le pare-brise. La ville entière vibrait. Il prit une large bouffée d'air qu'il expira avec l'impression d'expulser un nuage noir de son corps et repensa à un documentaire télé, sur les pieuvres qui lâchaient des pets d'encre pour confondre l'adversaire.

Début d'après-midi. L'air est pur et circule sans entraves. Ce soir, il retournera à l'hôtel, regardera un bon film ou un programme sur les ours blancs avec un peu de chance. Le lendemain à 23 heures, Horacio viendra prendre la valise et l'emportera en lieu sûr. Pourtant la pensée d'Esteban ne trouve pas le repos et sa cervelle, injectée de bile, ne cesse de régurgiter le même panorama : son corps mort ensanglanté dans des couvertures roses. Il a encore du temps devant lui pour éviter que cette vision ne soit prémonitoire et qu'elle devienne réalité, aussi dure que la bordure d'un trottoir.

Que ferait-il, lui, personnellement, s'il était à la place d'Horacio ? Il n'était sûr de rien. Impossible à dire, à cet endroit son esprit pataugeait. Il reprit les choses du point de vue de l'autre. Vu la nature du type, on pouvait s'attendre à quoi ? Dans les habitudes du métier, on réglait ça comment ? Fuir, il fallait fuir. Mais son entourage direct le prendrait comment ? On lui demanderait pourquoi et il répondrait quoi ? Comment fuir ? Et c'était quoi, cette sensation de réalité gluante qui l'envahissait jusqu'à la pulpe des doigts ? Cette sorte d'engourdissement ?

Les mains sur le volant, à trente kilomètres/heure en pente douce, Esteban revit le corps de René s'affaisser, au creux de l'oreille interne entendit résonner le hurlement et ressentit la hâte qui l'avait saisi au moment d'ouvrir le coffre. De nouveau, son cœur battait la chamade. Esteban s'essoufflait. Un haut-le-cœur le souleva.

La scène passait et repassait dans sa tête au rythme des virages et des allers-retours. Il parcourait ses souvenirs pour y trouver la trace d'un homme ou d'une femme qui aurait été là, dans l'ombre, à l'épier pendant son geste. Personne. D'ailleurs, il avait bien regardé, enfin il lui semblait.

Et puis René n'avait pas senti ce moment de vertige que l'on a dans la certitude de la mort imminente. Il était reparti du monde comme il y était venu, sans se rendre compte de rien. Son existence, un chemin effacé dans l'air invisible et l'oubli. Bien sûr, les enfants pleureraient des jours et des jours, mais ils s'en remettraient, comme s'en remettent tous les orphelins. Leur mère aussi, qui s'habillerait en noir jusqu'au premier type rencontré. Ensuite, tout rentrerait dans l'ordre. Esteban roulait et la radio diffusait un bulletin qui décrivait un corps criblé de balles à la tête défoncée. René ou l'autre ? Criblé ? *C'est sans doute l'un d'eux*, se dit-il. Le journaliste précisa qu'on l'avait retrouvé à sa porte, qu'il s'agissait d'un chauffeur de taxi et ajouta le nom d'une rue. Personne n'avait rien vu et, pour l'instant, la police cherchait dans le vide.

Esteban conduisait, prudent, sur des pavés mouillés d'huile. La pensée qu'il n'avait pas connu le voleur et qu'il ne le connaîtrait jamais le traversa un bref instant et se perdit à jamais. Seule persistait l'idée qu'il était responsable d'une tuerie dont l'issue était favorable, mais d'une tuerie quand même. L'image qui revenait, sa main empoignant le revolver, le canon glissé entre l'appui-tête et le dossier du siège conducteur. Peu à peu cependant elle cessa d'envahir l'esprit d'Esteban, René avait sa part, plus lourde que la sienne. Il n'aurait jamais dû mettre son nez là où il ne fallait pas. Il l'avait obligé à sauver sa peau et à tirer au hasard dans la nuit.

Une meute de chiens dévalait l'Avenida del Poeta. Le premier d'entre eux tenait un sac plastique plein dans la gueule et galopait à toute allure, poussé par des aboiements. Il devait être 16 heures. Esteban s'apaisait doucement. Il s'arrêta et acheta un sandwich. À mesure qu'il mâchait, un sentiment d'urgence le gagna. Il fallait se remettre en mouvement. Il remonta en voiture et partit. Il prit le chemin du zoo, fit des tours dans la vallée de la lune, roulait au hasard, revenait sur ses pas, partait dans l'autre sens. À certains endroits retirés, il stationnait et allumait une cigarette. Le soir tombait et les montagnes faisaient de l'ombre.

Esteban sentit la faim et prit la direction du centre.

Esteban revenait vers l'hôtel à pied, le ventre plein. L'été tirait sur sa fin. Demain serait demain. À la réception il prit sa clef, annonça son départ pour le lendemain en demandant qu'on lui prépare la note. Il monta ensuite dans sa chambre. Sous son lit, la valise rangée attendait. Il se baissa, passa la main sous le sommier et la toucha. Après un long bain, il se coucha. Le lit lui parut moelleux, il se sentait bien, loin des choses, de tout. Curieusement délivré de ses problèmes. Entre le monde et lui planait un coussin de nuages. Alors il se recouvrit des draps jusqu'au cou et s'enfonça dans une vaste nuit.

Pourtant, deux heures plus tard il se réveilla. Avait-il bien rêvé que René, assis sur la chaise du coin de la pièce, se levait et venait vers lui, l'air navré, les mains jointes en manière d'excuse ou d'exhortation ? Dans le noir, il cherchait à préciser les motifs exacts de son rêve, peau du front plissée. Mais l'effort pour déchiffrer la mine de René le précipitait vers une autre image, celle d'un homme en contre-jour et qui l'observait, immobile. Esteban tâtonna en direction de la lampe de chevet et l'interrupteur claqua, le coin de la chambre apparut, tapissé d'un papier peint couleur crème et vide comme un angle mort du destin.

Esteban chercha la télécommande perdue dans les draps, la trouva et appuya. La lumière de l'écran jaillit dans la pièce, l'adrénaline s'évapora, et avec elle toute image. Longtemps il zappa, sautant de chaîne à chaque fois qu'une idée venait et passa son insomnie comme ça, les yeux béants dans un arc-en-ciel électrique. La vue d'une speakerine l'alerta, lui rappela une liaison vieille de vingt ans qu'il n'avait jamais revue et s'accompagna de ses plus doux souvenirs après avoir éteint l'écran. La jouissance fut tendue, arc-boutée, enragée par la soif de chair et d'épuisement. Ses yeux s'ouvrirent, ses membres déchargés de tout courant ne bougeaient plus. Il allait s'endormir en peu de temps, c'était sûr, la fatigue et la nuit joindraient leurs efforts pour l'envoyer d'un coup, lancé en vol plané par-dessus les heures, jusqu'au petit matin. Pourtant il ne dormait pas. Il aurait voulu s'agripper à une femme toute douce, un avatar de mère, et y trouver le réconfort du coton. Esteban s'étonna de cette envie, lui qui d'ordinaire accueillait les chevelures contre sa poitrine où elles reposaient, à l'écoute de son cœur rassurant.

Où était la télécommande ? Il tardait à la trouver, y vit un signe et renonça, resta dans le noir, à s'entortiller comme un obsédé dans le tissu rêche de la nuit. Demain, que ferait-il ?

Puis ce fut demain. L'aube blanchissait les rideaux. Dans la chambre, l'ombre se dissipait, elle s'évanouissait par les coins. 5 h 32, indiquait le téléphone portable. Esteban se leva avec la sensation de ne pas avoir dormi beaucoup. Pourquoi alors cette impression d'une nuit si courte ? Relativement léger, il s'approcha de la fenêtre, glissa son regard par une ouverture du rideau et inspecta la rue où la lumière des lampadaires se mêlait à celle de l'aurore. L'absence de passants faisait encore pencher ce moment du côté de la nuit. Sous la douche, il resta longtemps, le jet chaud sur la nuque, enveloppé de vapeur, des particules d'eau embarquées dans un mouvement arbitraire. Les yeux fermés, Esteban tourna le robinet vers la droite et le silence se fit dans la petite salle de bains. Devant le miroir il se passa les mains sur les joues, sa barbe n'affleurait qu'à peine, poussait au ralenti, lui sembla-t-il. Il se regarda dans les yeux, sans s'attarder par crainte d'y croiser un « et maintenant ? » qui du fond de la pupille se mettrait à clignoter en lui. Esteban préférait agir acte par acte, dans un présent affranchi de tout souvenir et de toute perspective. Dans l'immédiat de l'animal ou le détachement du sage. Pourtant, même sans imaginer de scénario particulier, il ne pouvait balayer cette sensation d'être aspiré par le vent de ce qui pouvait advenir. Il bougeait mécaniquement, mû par une force d'origine inconnue, souterraine et qu'il percevait comme une rumeur de torrent à travers les boyaux d'une terre lointaine. Il baissa alors les yeux sur le lavabo, ouvrit l'eau et se rasa finalement. Patiemment, sans se couper, sa peau fut impeccable. Il prit la serviette, se sécha, attendit que le feu du rasoir prenne, mais rien. Il s'habilla, fit sa valise puis la posa à côté de l'autre, au coin de la porte. Il prit le téléphone sur la table de chevet et composa le numéro de la réception.

— Bonjour, ici la chambre 19. Il me faudrait un taxi.

— Oui, Monsieur. Pour quand, Monsieur ?

— Dans une heure. À 7 heures.

— Entendu, Monsieur.

— Je voudrais un petit déjeuner, aussi.

— Je suis désolé, Monsieur, mais la cuisine n'ouvre qu'à 8 heures. Il n'y a rien avant. Par contre, j'appelle l'agence de taxi pour qu'ils en envoient un à 7 heures.

Esteban n'entendit pas le bruit du combiné sur le socle quand il raccrocha. Devant lui, un peu moins d'une heure. Qu'en faire ? S'il restait là, immobile quelque part, sur son lit, une chaise ou le rebord de la baignoire, ses idées le rejoindraient et il n'était pas sûr de pouvoir se débrouiller au milieu de leur troupeau virevoltant. Pas certain non plus de pouvoir s'en tenir à sa décision : se pointer chez Horacio, lui demander de descendre sous prétexte d'urgence, lui remettre la valise au milieu du trottoir, les passants de la première heure seraient témoins et boucliers, il s'excuserait de ne pas pouvoir rester plus longtemps, déclinerait poliment et pour un temps seulement l'invitation à se mettre au vert à Santa Cruz, et s'évanouirait ensuite à jamais.

Pour éviter le trafic d'idées louches, Esteban s'en remit à l'extérieur. S'il sortait, il pourrait faire le tour des pâtés de maisons avoisinants et surprendre tout mouvement inhabituel. Il descendit au rez-de-chaussée par les marches silencieuses de l'escalier. À la réception, il sonna la clochette et au bout de quelques minutes le portier émergea de sa loge, l'air abasourdi.

— Oui, Monsieur ?

— Vous pourriez m'ouvrir, s'il vous plaît ? Il faut que je sorte... Désolé...

— Mais il n'y a pas de quoi, Monsieur, nous sommes ici pour vous servir. Rien de changé pour le taxi ?

— Non, non, toujours 7 heures.

— Merci.

Et la porte s'ouvrit. Dehors, l'air vif lui piqua les narines et les yeux. Des nuages longeaient les rues en un déplacement continu, dans un bruit de frôlement, et la clarté croissante du matin passait de lueur à éclat. Esteban marchait d'un pas naturel, comme s'il faisait partie du voisinage. À sa droite soudain s'éleva un rideau métallique. La vieille femme qui surgit derrière sourit devant son sursaut de recul et le gratifia d'un « *buen dia* » qu'il trouva chaleureux. Plus loin dans la pente, un homme posté à l'angle opposé observa dans sa direction et s'effaça. Que faire ? Partir en sens inverse ? Le suivre et voir un peu ? Esteban se rapprocha, passa le coin de la rue et vit l'homme qui s'en allait, raide contre les murs comme un bâton gelé, les mains dans les poches et la tête rentrée dans les épaules. Au même instant, deux écoliers qui se tenaient par la main, en tenue réglementaire, chemise blanche et gilet bleu, changèrent de trottoir. Dans ce matin, fait comme tous les autres du remue-ménage innocent et paisible de la routine, Esteban se résolut à ignorer les gens dont l'existence, il le voyait clairement, n'était en aucun cas liée à la sienne. Parvenu à côté d'une *tienda*, il interrompit sa ronde, s'approcha en pointant le nez à l'intérieur. Pas de sonnette.

— Y a quelqu'un ?

Cinq minutes et quelques appels plus tard, toujours personne. Il fumerait plus tard. Après tout il pouvait profiter de l'air frais et se le humer à plein nez. Il fallait tuer cette heure qui le séparait de 7 heures, d'accord, mais à coups de quoi, finalement ? De pédales dans le vide ? Cette excursion manquait de sens et il reprit le chemin de l'hôtel. Un instant il hésita, se perdit de quelques *cuadras*, retrouva le fil grâce à la peinture vert criard d'un immeuble dont la façade, semée de fenêtres en miroir, paraissait penchée sur la rue.

Devant l'hôtel, un taxi blanc crème dont les portières avant et le luminaire accroché au toit indiquaient le numéro de la centrale, quarante et un, quarante et un, quarante-deux, attendait. Esteban consulta l'heure sur son portable. Il manquait vingt minutes avant l'heure fixée. Alors qu'il arrivait au niveau du chauffeur, celui-ci se tourna vers lui et salua de la tête. À la réception, il demanda :

— C'est mon taxi ?

— Oui, Monsieur.

— Il est un peu en avance.

— Oui, il vaut mieux ça.

Esteban monta dans la chambre, fit une dernière tournée d'inspection, ramassa sa brosse à dents et son dentifrice et les rangea dans sa valise. Il ne pensait maintenant plus qu'à ça, au moment où il verrait Horacio rentrer dans sa tour avec. Lui se retrouverait alors seul dans la ville dont il sortirait comme une fusée confondue au ciel.

À la réception, il régla sa note.

— J'espère que vous vous êtes plu ici, Monsieur. Nous vous attendons pour un prochain séjour.

— Merci.

— À votre service, Monsieur.

Et il poussa la porte.

Le chauffeur du taxi le vit ressortir, descendit aussitôt, ouvrit la malle et attendit qu'Esteban s'approche pour prendre ses valises et les y ranger.

— Ne vous inquiétez pas, je vais m'en occuper.

Assis derrière, Esteban donna ses consignes. D'abord à la Avenida Arce, et ensuite au Terminal de bus. Quelques commentaires sur la fraîcheur du matin fusèrent que le chauffeur accueillit d'un rire.

Alors le temps collapsa, l'heure avança brutalement. On n'avait pas fait cent mètres que le taxi pila à un carrefour où il attendit, les mains agrippées au volant. Dans la même fraction de seconde, les deux portières arrière s'ouvrirent et deux hommes entrèrent à coups de coude en l'éjectant vers le milieu de la banquette. Les portes se refermèrent et les deux agresseurs plièrent Esteban en deux, la tête entre ses genoux.

— Démarre !

La voiture se cabra. À quelques centaines de mètres, Esteban perçut la rumeur affaiblie d'une cabine de téléphérique qui glissait au-dessus d'eux. Des gens qui descendaient à La Paz ou qui montaient à El Alto, ignorant qu'en contrebas allait se jouer une partie de massacre. Impossible de gueuler, d'attirer l'attention, et puis de toute façon, quand bien même quelqu'un l'entendrait ou l'apercevrait à travers la vitre arrière, plié en deux, accablé de coups et d'insultes, qu'est-ce que cela changerait ? Curiosité, frisson mêlé du sentiment de sécurité ?... Turbulence passagère qui retomberait aussitôt en indifférence. Décidément il ne devait compter que sur lui-même, montrer une soumission silencieuse pour que ces deux types relâchent leur étreinte. Alors il s'enfuirait. Pourtant, on continuait à le frapper et à l'abreuver d'injures.

— Arrête-toi.

Le chauffeur tapa sur le frein, Esteban se cogna la tête sur une boîte entre les deux sièges avant. Taxi arrêté, le vide se fit sur sa gauche, mais son voisin de droite le maintenait par la nuque enfoncée entre ses jambes, les genoux collés aux oreilles. Le type ne cessait de répéter « fils de pute » et « espèce d'enculé », alternativement, pour brouiller tout début de raisonnement. Le coffre se referma d'un clac sourd, deux secondes passèrent, la portière gauche se rouvrit et le type entra.

— Trouve un endroit tranquille.

Esteban prit ça pour de l'ironie, ce qui le désola. Qu'on traite sa mort par l'humour le réduisait à rien. Et la voiture se remit en route. Il y eut alors un bruit de plastique et le glissement d'une ceinture qu'on défait, le cliquetis de la boucle. Sa tête fut dans le sac, la ceinture autour du cou. À travers le plastique ne passait plus que la rumeur confuse d'une parole déformée.

Le sang se mit à circuler à vitesse exponentielle ; le réseau des veines et des artères, à bruire ; et l'hémoglobine, en tourbillonnant, à dégager une énergie de désagrégation. Sa salive se gonflait en écume lourde et ses poumons caverneux se contractaient en se dilatant. Une congestion se faisait. Son cœur pompait de moins en moins de sang, bientôt il palpiterait à vide. Le cerveau s'irritait, des œdèmes se formaient, erraient dans les tissus sanguins. La chair des lèvres, au plus profond des cellules, se teintait de bleu et de mauve. Esteban respirait en vain l'ombre étouffante et comprimée de la poche noire. La souffrance extrême en quelques secondes au ralenti, en un concentré d'éternité. Le corps s'affaissa graduellement, à mesure que la conscience partait.

Quand il se fut tout entier écroulé, les deux portes du taxi s'ouvrirent, les deux assassins passèrent une jambe dehors, puis l'autre. Cinq secondes plus tard, tiré par chaque bras, le cadavre glissa du taxi sur le trottoir où il tomba en masse informe.

Vent froid

À mon père

1

Beaucoup de sang affluait à la tête de José en cette heure matinale où la nuit teinte encore un peu le jour. L'ambiance des rues était fraîche, mais l'air qu'il faisait dans sa tête, irrespirable. Au contact du désert il n'avait appris que la timidité, pourtant une sourde et intense colère lui montait aujourd'hui dans les veines. L'envie d'exploser chauffait son sang. Le désespoir de ne pas voir son chagrin atténué par une subvention, une aide, le taraudait. Pendant les deux jours précédents, il avait fait la tournée des ministères pour trouver, malgré son peu de foi en la bonté des hommes, une âme compatissante qui lui débloquerait quelques dollars en compensation de la mort de son fils, preuve que le monde pouvait quand même partager, reconnaître. Mais partout la réponse avait été la même : « le responsable est en voyage ». Toute la journée à errer dans les rues assourdissantes, à éviter de se cogner contre les passants, à entrer dans des cours entourées de plusieurs étages de balcons, à frapper à des portes, à ressortir en évitant encore de heurter des gens. Les fonctionnaires dont il avait sollicité l'aide déplaçaient leurs regards avec une lenteur qui confinait à l'incompréhension, contenaient leur respiration pour se préparer au soupir et hochaient la tête avec des airs de fausse désolation. On regardait ses mains calleuses et les rides noircies de sa face de paysan avec ce mépris indifférent qui teinte le regard des gens quand ils se sentent faire partie d'un tout autre monde. Cet être de silence, humble comme les arbres dans le vent, n'attirait aucune pitié parce qu'il venait de trop loin.

Aujourd'hui, en ce matin où l'agitation du travail commençait à poindre, la solitude lui mordait les lèvres. Dans son désert, tout lui était familier, le ciel était un appui, l'espace un repère et le vide un compagnon ; ici, les visages, les mains, les dos et les cheveux se multipliaient, formaient un vaste désert humain où le sentiment d'être perdu lui vidait le cœur. José se dirigea vers la gare routière où il attendrait le premier bus pour Uyuni.

Il était né un jour de juillet où un orage avait décimé le troupeau de son père. Pour Alvaro, il y avait là le fruit d'un labeur de plusieurs années où il ne s'était évité aucun effort ni aucune fatigue, des années où il avait enchaîné les kilomètres à arpenter, où il avait vécu à l'économie, épargnant chaque boliviano au prix d'une patience longue et fidèle. Ce jour où il avait vu naître son fils avait été aussi doux que terrible : un cinquième garçon lui arrivait. Il en ferait un grand travailleur à moins – quand le pessimisme l'emportait – qu'il n'ait plus assez pour lui donner à manger. Dans ces moments-là, Alvaro se disait : *Il aurait mieux valu perdre un nouveau-né qu'on ne connaît pas plutôt que de voir son troupeau avec lequel on passe presque toute la journée, éventré par la foudre.*

Si on lui avait proposé ce marché – le tonnerre ou la vie de son fils – Alvaro aurait fait son choix : que l'éclair ne tombe pas, jamais. Quelques jours plus tard, la réalité avait pris un tour apaisant. Il avait hérité d'une grand-mère partie en deux jours à cause d'un mal de tête infernal. L'événement fit qu'il n'eut pas à regretter l'arrivée de ce fils trop longtemps. D'autres au contraire, et José en connaissait, poursuivis par l'idée d'une saison qui s'annonçait trop sèche, avaient franchi le pas le plus fatal.

Alvaro était un père taciturne et la première parole qu'il eut pour son fils fut de le prendre dans ses bras. José naquit silencieux. On aurait dit un animal rendu docile par les mains de son père et le désert qui lui avait, au premier clignement d'œil, ouvert les infinités froides de son monde. Ce désert continua de s'installer en lui de manière progressive, lente et profonde. Il l'envahit comme le sable s'insinue. Son corps semblait fait de poussière et ses rides, creusées par le vent. Il y avait dans son regard une expression qui ne disait rien devant les choses immenses. Toutes les paroles de José étaient brèves : « bonjour » et presque jamais « comment ça va ? » Lointain, soit parce qu'il n'avait pas le temps, soit parce qu'il n'appréciait pas son interlocuteur, soit parce que sa pudeur silencieuse lui interdisait de penser à des questions, ou bien encore parce qu'il ne trouvait pas les mots. Au fond, il n'aimait pas beaucoup parler et parcourir son champ qui bordait les rivages aveuglants du salar ne lui donnait pas envie de le faire tout seul.

José ne craignait pas le froid et il aimait boire avec ses amis, dans la pièce unique d'une petite maison en adobe, jusqu'au point du jour qui les voyait débarquer la bave aux lèvres et le verbe haut dans les rues du village, entrer dans les maisons et y réveiller les gens en les invitant pour petit-déjeuner à partager un verre de bière. Ces matins-là, José rentrait chez lui dans tous ses états, épuisé d'avoir tant parlé, et sautait sur sa femme qui le recevait comme la terre accueille la pluie.

Le reste du temps José, morceau de désert, ne soufflait mot. Le soir, Marina préparait le repas et leur pièce à vivre formait une pénombre chaude et protégée. Dehors le vent agitait l'arbre planté dans la cour, sifflait dans les pierres et les herbes et secouait la tôle du toit dans tous les sens. Dans la pièce, le poêle crépitait et on entendait un brouhaha d'enfants autour de la marmite. Ce n'étaient pas les leurs, mais le fils de la voisine, le neveu d'une cousine et d'un cousin décédés, et les deux nièces d'un oncle dont le travail à La Paz, payé des miettes, n'aurait pas suffi à faire vivre les deux petites filles. Les cinq enfants de José et Marina Lopez avaient quitté le domicile familial pour faire des études, se marier, travailler. Seul Gabriel, celui qui venait de mourir, avait choisi de s'installer à Uyuni où il avait exercé le métier de mécanicien dans un garage, ce qui lui avait donné vaille que vaille, avec ce que rapportait sa femme, de quoi mettre le nez de leurs enfants dans la soupe.

Aujourd'hui ces enfants devaient pleurer comme pleurent tous les orphelins et c'est ce qui chagrinait José. Assis bien droit sur un banc, les mains pendues à son sac de plastique qui lui tombait entre les jambes, le vieux laissa ses yeux se perdre et s'imagina le regard des gamins hébétés par le sens de cette mort. Il les imagina ensuite attablés avec eux, dans leur maison, puis sous le soleil sec et altier des campagnes du salar, ses lamas au bout du bâton. Maintenant deux bouches risquaient de s'ajouter à celles de la maison. Il convenait que la veuve de Gabriel et sa famille prennent aussi leur part et emmènent l'aîné à la ville pour le faire travailler. José avait entendu dire que certains cireurs de chaussures gagnaient pas mal. Installés dans un quartier où beaucoup d'hommes d'affaires et de fonctionnaires circulaient, clientèle devenue fidèle grâce à un fauteuil confortable et au journal du jour, ils s'enrichissaient doucement, mais sûrement. Les autres offraient leurs services au tout-venant de la rue, les cireurs ambulants, les occasionnels, les jeunes alcooliques, les *cleferos* le nez plongé dans le tube de colle. Ce n'était pas ce que José imaginait pour l'avenir de son petit-fils. Il voyait plutôt un trône en bois peint d'une belle peinture sur une des places qu'il avait parcourues, un trône fréquenté par des gens en cravate qui disent *buen día* et payent parfois double.

Il n'était encore que midi et le bus d'Uyuni partait à 20 heures. José, qui sentait le flot de ses pensées s'amenuiser, décida qu'il ne resterait pas tout l'après-midi assis et se dirigea vers le marché avec l'intention d'y manger un bout. Il sortit, enfila sa solitude dans la fourmilière de l'Avenida Peru et de la Buenos Aires, et trouva une cantine populaire où chauffaient plusieurs marmites entourées de femmes qui remuaient les bouillons et servaient dans des assiettes creuses. José commanda un *picante de pollo* qu'il dégusta à lentes bouchées. À ses côtés, sous la lumière diffuse que réfléchissait une bâche plastique orange, mangeait un homme qui rompit le silence en croisant à la dérobée son regard :

— C'est bon.

José hocha la tête.

Quelques minutes passèrent encore au cours desquelles un chien débarqua qui glissa son nez sous le couvercle de la marmite et fut jeté à coups de balai.

— Vous êtes d'où ? dit l'homme.

— D'Uyuni.

— C'est loin.

— Oui, c'est loin.

— Le bus met combien de temps ?

— Environ dix heures, parfois plus.

— C'est beaucoup.

José hocha la tête à nouveau.

L'homme, originaire des Yungas, n'avait jamais mis les pieds plus au sud qu'Oruro et ne connaissait rien des chemins de l'Altiplano et du salar.

— Un de mes neveux travaille à Uyuni. Il vend des voitures.

José se surprit à s'arrêter de manger, mais se reprit aussitôt pour ne rien donner à voir de suspect ou d'étrange. L'histoire de son fils, pour qui il n'avait rien pu faire, fit effraction sous ses yeux qui retinrent leurs larmes. L'homme vit le regard humide du vieil homme, lui posa la main sur l'épaule avec déférence et chaleur, puis prit congé de lui.

— Mon nom est Gosalvez, Manuel Gosalvez.

Continuant de dévisager José auquel il trouvait une expression de misère, il ajouta, sachant que jamais il ne le reverrait :

— À une autre fois.

Puis il partit et José hocha la tête.

Pendant son trajet de retour vers la gare routière, son fils lui apparut sous forme de pensées embrouillées : le monde de José avait changé, le soleil et les jours le frappaient avec une intensité particulière. Ce qui circulait alentour, il le voyait dans un abrutissement. Depuis cette seconde funeste, chaque jour de plus était un jour en moins avec son fils et José, quand il se levait, voyait les choses avec étonnement. L'odieux et le majestueux, le grandiose s'y côtoyaient.

Parfois, mais peu fréquemment, il se surprenait à oublier de se souvenir et s'en voulait ensuite. Il fallait plonger dans son deuil avec conscience, habiter la mémoire de son fils. L'oubli, lui, viendrait plus tard, peut-être avec la mort, à moins que...

Marina s'était enfermée dans un mutisme dont elle ne sortait que pour dire aux enfants de la maison, quand ils faisaient trop de bruit, de moins en faire. Son chagrin prenait une tournure aigre, sa douleur s'envenimait et elle en venait à maudire l'Homme de la tête aux pieds.

Elle et José n'évoquaient que très peu la question, chacun voulait protéger l'autre de son propre enfer. Alors les soirées étaient plus silencieuses qu'à l'accoutumée et le poêle murmurait le plus souvent seul, interrompu parfois par un bruit de couvercle ou une exclamation d'enfant. La maison chauffait de l'intérieur, les murs attiédis résistaient au froid de la nuit.

L'heure du départ arriva, avec son tumulte. Les gens dans la gare hâtaient le pas, pressés par les employés des agences de bus qui annonçaient les destinations à grands cris, « *Vamos, vamos !* » José plia son paquetage et se rendit lentement jusqu'à l'autobus. Dans la montée de l'Autopista, un vendeur d'effigies de la Vierge vantait la qualité de ses articles, expliquait aux passagers qu'il les avait faites à la main, dans l'amour de Dieu, et qu'il ne les vendait pas cher au vu du travail qu'elles lui avaient coûté. Il s'agissait de petits pendentifs dorés à se mettre autour du cou pour trouver protection contre les accidents de la vie. José fut séduit, les circonstances qu'il traversait justifiaient un petit coup de pouce des créatures célestes. Il y avait dans cette effigie de la Vierge de Copacabana la promesse de jours apaisés et de lutte finie, une protection illimitée. Un voisin fit remarquer qu'elle portait l'inscription *Made in Taïwan*, mais cela n'éveilla chez José aucun soupçon. Cette Vierge était trop pure et trop maternelle. Au moment où il la reçut dans ses mains, le bus franchit la *ceja*, plongea dans les platitudes froides de l'Altiplano et dans sa nuit criblée d'étoiles dont la multitude forme une voûte tombant de part et d'autre du ciel.

— Le ciel de Dieu, se dit José. Profond et silencieux comme le plafond d'une église sans mesure.

Bercé par le mouvement du bus, il se recouvrit de sa couverture et s'assoupit rapidement. Il n'ouvrit plus les yeux jusqu'au lendemain, mais remua souvent dans son sommeil, peut-être gêné par le voyageur qui, sur son siège à l'avant, se retournait pour l'observer avec le regard de quelqu'un qui cherche à se souvenir.

2

Gabriel ne pouvait plus percevoir de quoi étaient faits les rêves de son père, il était mort. Sa fin fut lente, pénible et laborieuse, décidée ainsi par ses détracteurs que la haine animait. Le jeune homme, par une belle journée d'hiver particulièrement froide, au milieu du désert qui sépare la Bolivie du Chili, fut arrêté par trois types qui l'amenèrent dans un chemin isolé.

— Tu es qui ?

— Je m'appelle William. William Dalgaso.

— Tu viens d'où ?

Gabriel ne savait pas à qui il avait affaire, mais le fait de circuler avec une Toyota Corolla toute neuve au beau milieu des pierres du Lipez pouvait paraître suspect, alors il les considéra avec étonnement et leur répondit :

— Je viens de là-bas.

Et il fit un signe vers les alentours.

— Où de là-bas ?

La question, plus précise, menaçait de le coincer, il fallait retourner l'interrogatoire.

— Et vous, vous venez d'où ?

Son audace surprit les trois types qui se mirent à sourire entre eux.

— Ce n'est pas ça le problème. Le problème, c'est d'où tu viens. Dépêche-toi.

Le choix à faire était clair : des aveux sincères ou l'affrontement. Gabriel choisit la seconde solution. S'il parlait et que ces trois types étaient des collègues de travail, danger ; si c'était la police, de gros ennuis, mais pas la mort, impossible. Il préféra ne rien dire et tenta sa chance ; tant qu'ils parleraient, il vivrait.

— Je n'ai pas à répondre tant que je ne sais pas qui vous êtes.

— Tu es sûr ? fit l'autre en montrant à l'intérieur de sa poche la crosse d'un revolver qui dépassait.

— Qu'est-ce que vous voulez ?

— Tu viens d'où ? Il vient d'où, ce véhicule ?

Les deux autres se déplacèrent de quelques pas pour entourer Gabriel, dos à la voiture.

— Qu'est-ce que ça vous apportera, de savoir d'où je viens ?

Les acolytes découvrirent aussi leurs armes qu'ils gardaient le long du corps. Gabriel les vit et sentit que la solution était de parler. Malheureusement, la patience de l'un des acolytes s'était usée par tant de discours et il lui tira une balle dans le genou. Gabriel tomba sur l'autre en hurlant qu'on n'avait pas besoin de lui faire ça, alors qu'il allait tout leur dire. À ce moment-là, une saveur acide lui monta dans la bouche : comment imaginer que ces gars puissent être des policiers en civil, des agents des douanes ?

— Je viens d'Iquique. J'en suis parti vers 14 heures.

— Pourquoi tu mens ? On sait que tu es parti à 11 heures.

— Mais qui êtes-vous ?

— Je t'ai déjà dit. De la police.

Et il lui pointa le revolver sur la tempe.

Gabriel, sous la pression de l'arme sur sa tête, se la couvrit des deux mains et cria :

— C'est bon, je vais tout vous dire, pour qui je travaille, c'est bon, c'est bon !

Le type le regardait avec un sourire de réconfort et de conciliation qui se voulait encourageant.

— Je ramène des voitures du Chili que je fais passer ici pour les donner à un garagiste à Uyuni. Je crois que celui qui fait le boulot au Chili, l'intermédiaire, il s'appelle Garcia et le garagiste, lui, c'est Luis Viedo.

Gabriel ne sut pas tout de suite qu'il venait de signer son arrêt de mort. Les trois types, non contents de l'avoir identifié comme étant celui qu'ils cherchaient, voyaient qu'ils avaient affaire à un couillon que l'honnêteté pouvait pousser à dénoncer ses complices. Le travail qu'ils étaient tous trois venus faire dans ce coin perdu servirait donc bien à quelque chose et le deuxième acolyte, toujours lui, tira une seconde balle dans le second genou, et comme Gabriel s'était mis à hurler, celui qui avait mené les négociations l'acheva en pleine tête et le désert cessa de résonner.

Son corps ne fut retrouvé qu'une semaine plus tard, déjà largement entamé par les rapaces du coin. C'est au cours d'un raid touristique où le guide s'était perdu qu'on découvrit, étendue sur les pierres, offerte au ciel comme à la terre, immobile et torturée, la dépouille de Gabriel Lopez. Les touristes effarés poussèrent d'abord un cri puis vinrent observer ce corps qui n'en était plus un. Le guide appela sa centrale qui contacta le commissariat et Gabriel fut ramené dans la nuit à Uyuni.

José devait repartir à son village lorsqu'un commerçant qui le connaissait lui conseilla d'aller rapidement voir la police. Le vieux arriva comme à son habitude, le pas lent, mais cadencé, se vit signifier par le lieutenant que son fils était mort dans de tristes conditions et que ses traits crispés indiquaient un départ dans la douleur. Malgré les conseils du policier qui avait vu le corps, il décida d'aller voir et se rendit à la morgue, silhouette invisible dans la poussière qui se levait sous le vent du soir. L'air cinglant saisit le visage de José. Tout entier absorbé par des événements qu'il ne comprenait pas, il vit apparaître, au fil de ses pas, quelques lumières qui sortaient de la nuit, des peintures publicitaires aux couleurs criardes sur les murs, l'intérieur illuminé d'un atelier où travaillait un homme en gants et en bonnet. Le reste n'était que nuit accrue par l'absence de lune. José avançait contre la poussière qui s'insinuait partout, remplissait le nez à ras bord et donnait l'impression qu'on respirait de la terre. Quelques silhouettes de vélos passèrent furtivement, une dame assez grosse glissa le long d'un mur, puis ce furent les phares aveuglants d'un bus en partance pour *Potosi*. José se retrouva nez à nez avec et baissa aussitôt les yeux sur les ombres du sol.

La lumière se projetait dans la poussière en suspension, formant une brume transparente où des gens passèrent, allant d'ici à là.

Tous les employés étaient déjà partis quand José arriva à la morgue. Restait une jeune femme qui avait dû l'attendre sur demande expresse du commissariat. Elle l'accueillit avec une lueur d'impatience, ses petits devaient l'attendre chez elle. Elle croisa le regard de José, en silence l'accompagna le long d'un couloir faiblement éclairé qui déboucha dans une salle où resplendissait un néon froid et totalement blanc. La jeune femme partit.

Alors José vit son fils pour la dernière fois.

Il prit une longue bouffée d'air raréfié par l'altitude et regarda. La tête dépassait du drap. Le visage, en dehors des yeux disparus, conservait une apparence intacte. Ce fut l'expression de ce visage qui retint l'attention de José, dont le regard s'arrêta sur les sourcils froncés de son fils.

— Ah ! Mon petit.

Gabriel affichait dans cette grimace la sourde inquiétude de sentir que le danger grandissait dans des proportions démesurées ; ses mâchoires, également très marquées parce qu'elles s'étaient tordues, montraient la rigueur du mal souffert. La peau, sombre et altérée par la sécheresse du soleil et de la vie, figurait ces étendues de désert craquelé que la lumière comprime.

Pauvre petit, se disait-il en lui-même.

José continuait d'examiner son fils dans tous les détails, pris par le désir de garder en mémoire l'empreinte de ce rictus qui exprimait souffrance et angoisse. Et puis, démuni, désemparé, les yeux embués :

— Qu'est-ce qu'ils t'ont fait ?

À la voix criarde de la jeune femme qui annonçait son départ, José se raidit devant son fils rigide et décida que l'expression de ce visage endolori appelait à ce qu'on le libère, dans sa mort, de sa souffrance. Gabriel avait besoin de retrouver, dans le royaume où il habitait maintenant, le calme et cette sérénité des gens que leur passé ne peut plus atteindre. Quand il prit le dernier minibus pour Coqesa, José se sentit déterminé à ne pas se laisser submerger par la peine, en se jurant que chaque jour son fils aurait sa place à côté de lui.

Le minibus filait. Pour se rendre à Coqesa, il fallait traverser le salar. Comme la lune ne sortait toujours pas, l'immense croûte de sel se teintait de bleu gris. Le ciel au-dessus de tout ça, immense et limpide. Les sillons de la trace blanchissaient dans les phares. Le chauffeur gardait les yeux rivés sur la piste aux reflets brillants comme une étoile filante à ras du sol. Dans le véhicule, sans étonnement les gens regardaient dehors en ne déplorant que vaguement ce désert trop froid, trop sec et trop grand. Pas une parcelle où semer, pas un puits où lancer son seau et boire, la nature avait joué là l'une de ses scènes violentes, avait façonné un endroit dénué de tout pour l'homme, impitoyable et grandiose. Les regards des gens, dans le minibus qui tanguait doucement, un à un rentrèrent à l'intérieur et se baissèrent vers l'ombre des pieds. Et comme un coup de froid balaya le salar et vint transpercer les vitres, on se recroquevilla, on se pelotonna dans les couvertures en cherchant le sommeil. José, les yeux toujours rivés au-dehors, se livrait à une contemplation solitaire de la nuit. Dans le ciel d'une hauteur invraisemblable, l'intermittence des étoiles projetait une lumière palpitante, peu à peu la surface du désert se détachait dans la nuit et flottait. L'air diffusait une clarté devenue plus transparente par les coups du froid et José, en regardant dans toute cette glace, songea à ce qu'il devait annoncer à sa femme l'heure suivante. Autour de lui déjà tout le monde dormait à peu près et le vieil homme, imaginant les yeux rougis de sa vieille Marina, sut alors à travers toute l'intensité du chagrin qu'il pressentait chez elle à quel point son impuissance face à tout cela grandissait. Le visage de son fils qui n'arrivait plus à sourire, sa grimace figée et sans remède, l'immense solitude de son garçon étendu mort sous la pâleur livide d'un néon. Les murs tout blancs de la pièce où reposait Gabriel se resserraient dans l'esprit de son père. Il perdait aujourd'hui son fils après son père l'année passée. José soupirait, soudain seul pris entre deux vides, quand tout à coup le remue-ménage que fit le minibus en passant du sel plat à la terre pleine d'ornières réveilla tout le monde. Coqesa s'approchait et en même temps l'heure fatale qui apprendrait à Marina qu'elle ne reverrait plus jamais son fils. Imminence.

José descendit avec quelques-uns à la place du village et le minibus repartit en disparaissant dans le silence. Dans cette place de terre sablonneuse grise, de-ci de-là poussaient des herbes jaunes. Des murets de maisons en adobe la bordaient dans un mutisme paisible et profond. José était arrivé. À son regard plus silencieux et inexpressif que d'habitude, Marina comprit qu'un malheur les avait frappés et l'interrogea des yeux tout en remuant la soupe, penchée pour mieux recevoir le coup.

— Ils ont tué Gabriel…

— … Allez jouer dehors, les enfants.

Marina regarda José droit dans les yeux pour y chercher la confirmation de ce qu'il disait. Le vieil homme baissa la tête en signe d'assentiment et elle replongea dans sa marmite. Quand José défit son vieux manteau, il entendit :

— Ça devait arriver. Un garagiste n'a pas autant d'argent. C'était sûr. Je lui avais dit de faire attention.

Elle l'avait souvent mis en garde et à chaque fois Gabriel l'écoutait gentiment, mais de loin, il ne répondait que par des approbations mi-exaspérées mi-lassées à cette vieille mère qui parlait trop.

— Pourquoi est-ce qu'il ne s'est pas contenté de ce qu'il avait ?

— Je ne sais pas.

Alors Marina céda à la révolte et hurla dans la pièce à la malédiction de ce Dieu qu'elle méprisait parce qu'il n'avait rien vu venir.

— Ça va. Ça va aller.

José prit un petit tabouret qu'il apporta près d'elle et s'assit.

— Qui l'a tué ? Et comment ?

— On ne se sait pas qui l'a tué. Mais il y a eu, d'après la police, enfin d'abord ils étaient tous saouls, il y a eu une bagarre et Gabriel est tombé à cause d'un coup, sa tête a cogné une pierre. Ça s'est passé comme ça, c'est ce qu'ils disent.

Marina essaya de se ressaisir et appela les enfants pour manger. Pendant le repas, on ne parla pas de Gabriel, on y pensa. On ne fit que ça. Marina se contenta de dire qu'il fallait se lever tôt parce qu'on devait tuer des lamas qu'il fallait aller chercher loin derrière la montagne. Après le repas elle se mit au lit, aussitôt imitée par José qui, lui, se coucha tout habillé. Si on le trouvait mort comme ça le lendemain, on n'aurait pas à l'habiller ; s'il se réveillait, il se lèverait tout habillé, prêt à commencer une journée qui demain serait longue. Quand il finit par s'endormir, Marina, elle, les yeux posés sur le fond de l'obscurité, les ferma lorsque le souvenir de son fils se fit sentir.

3

Les ennuis de Gabriel ne dataient pas d'hier et d'aucuns à Uyuni lui avaient prédit un avenir sombre, que ses habituelles roublardises ne lui vaudraient rien de bon. Gabriel était parti de chez ses parents quand un emploi de mécanicien lui avait été proposé à Uyuni dans un garage de taille moyenne. Tout se passait bien lorsqu'un jour le destin lui donna un premier coup de semonce que sa chance lui fit oublier de voir comme un avertissement. Au cours d'une soirée avec Angel, un de ses copains mécanos, et après deux dizaines de bières, on décida d'aller faire un tour. Les deux hommes, sortis du bar en titubant, allèrent au garage où un superbe Landcruiser 4500 dernier modèle en réparation les attendait. Une voiture de rêve, avec des rétroviseurs chromés, un intérieur parfaitement fini, un moteur à couper le souffle, des suspensions compensatrices, des roues énormes, un indicateur d'inclinaison pour les terrains pentus, une direction assistée qui donnait au chauffeur l'impression de conduire un vélo. C'était la voiture de touristes hollandais qui s'étaient adressés à eux pour faire réparer une roue et vérifier les freins et la direction.

Les deux hommes ouvrirent le portail sans un bruit et Gabriel se dirigea vers l'atelier pour récupérer les clefs du véhicule. Lorsque Angel mit le contact, le bruit du puissant moteur se révéla inaudible et Gabriel salua le coup de génie des Japonais, seuls capables de mettre au point des monstres aussi silencieux. Après avoir refermé le portail, les deux hommes prirent le chemin du salar pour le plaisir d'une pointe de vitesse. Angel trouvait que le chemin bougeait beaucoup, que les maisons remuaient et que les gens marchaient sans savoir où ils allaient. La nuit chancelait et le ciel se retournait parfois dans la tête des deux hommes que les tourbillons du sang faisaient tourner de l'œil quand la voiture heurtait un large trou. À la sortie d'Uyuni, Angel vit devant lui s'ouvrir la grande piste qui menait à Colchani, à l'entrée du salar. Il enfonça la pédale d'accélérateur et se mit à rire comme un enfant avec son cadeau de Noël. À ses côtés, Gabriel savourait son plaisir en silence et se relâcha dans son fauteuil ; il ouvrit la fenêtre, pencha sa tête vers l'extérieur et sentit la rapidité de leur course et le vent du voyage.

Le coup arriva sans prévenir.

Le pneu avant droit éclata sur une pierre qu'Angel n'avait pas vue, bien qu'énorme, la voiture partit en travers, dérapa, fit une embardée, deux embardées, de plus en plus sèches, partit en tonneaux et, naufragée du ciel, retomba pour s'échouer sur la terre, les roues en l'air. Du verre et de la ferraille volaient. Au premier impact, Gabriel, qui n'avait pas mis la ceinture, vola à travers le pare-brise qu'il fit exploser au passage et se retrouva allongé, sans conscience au milieu de l'herbe sèche et de la nuit gelée. Angel n'eut pas la même chance : il se heurta au volant, la rate et le foie éclatèrent et, à cause des nombreux tonneaux, il se cogna la tête jusqu'à ne plus savoir où elle était. Quand la voiture termina sa course, il était sur le point de mourir. Deux minutes plus tard, la tête en bas, le sang dans la bouche et les yeux gonflés par l'indifférence de la nuit, Angel sombra.

Après un quart d'heure de coma, Gabriel se réveilla sous l'effet du vent froid qui le cinglait. En ouvrant les yeux, il aperçut la voiture retournée et pliée. Il ne mit pas longtemps à se souvenir et alla voir Angel dont l'attitude immobile lui parut étrange. Gabriel marcha à quatre pattes jusqu'à la voiture et vit ce qu'il prévoyait. Trop tard. Et comme les policiers, prévenus par d'éventuels chauffeurs, pouvaient débouler à tout moment, il prit ses jambes à son cou et détala, le cœur léger malgré tout. La police trouverait demain sur les lieux un coupable et on n'irait pas plus loin.

Angel, aussi raide qu'un morceau de glace, gisait sous les yeux des policiers. Les Hollandais étaient venus constater les dégâts. La compagnie de location et l'assureur joignirent leurs efforts pour obtenir des Hollandais ce qu'on ne pouvait obtenir du mort. Le consul, soucieux d'éviter des complications juridiques, arrangea quelques papiers, et sur intervention personnelle de l'ambassadeur, l'affaire fut classée. On déplaça la date de leur départ et ils s'envolèrent le surlendemain vers l'Europe. La police d'Uyuni, elle, dut s'intéresser aux affaires du garage dont le propriétaire apparaissait comme le plus grand responsable du drame. Les soupçons de ce dernier au sujet de Gabriel – vu avec Angel le soir de l'accident, bière en main – ne purent se transformer en certitude : il n'y avait pas de preuve, alors la situation vira au rance. Gabriel, après avoir perdu un ami, perdit son travail. Il dut louer deux petites chambres et une étroite cuisine pendant quelques mois, au-dessus d'une cantine où mangeaient les voyageurs en transit à des heures parfois avancées de la nuit. Gabriel passait ses journées là et attendait sa femme le soir quand il ne cédait pas à l'envie d'aller boire un coup avec ses amis. Il revoyait parfois ses ex-collègues de garage et formait avec eux pendant ces soirées des projets auxquels personne ne croyait, mais qui faisaient plaisir à imaginer. Parfois il allait voir ses parents à Coqesa, partant tôt le matin dans l'aube du salar pour arriver au moment du déjeuner. Il partageait le repas avec les siens, écoutant sa mère lui demander sans cesse s'il allait bien. Ensuite il partait aux champs avec son père, s'occupait des lamas, récoltait des buissons pour l'âtre, retournait le sol avec une pioche.

Le soir, tout le monde mangeait près du feu.

— Il te faut du travail, disait sa mère.

José, lui, se contentait de hausser les épaules. Il fallait bien supporter la ritournelle.

— La vie est comme ça, osait-il parfois cependant.

Son fils, hermétique, répondait juste que tout allait bien. Tout comme son père, Gabriel n'aimait pas parler, José lui avait appris que moins on parle et moins on a de chances de se tromper. Raisonnement si imparable que Gabriel l'entendit et se mit au diapason. Et puis pourquoi évoquer ses plans quand ses parents ne pouvaient entendre parler d'un projet bancal, d'une idée malhonnête ? Avec eux, il conservait une distance et, comme une traversée entière de salar devait suffire à les contenter, il s'installait au milieu de ce silence dans la sérénité. Sa mère se demandait le genre d'ambitions que pouvait nourrir son fils et se l'imaginait sans peine enchaîné à des affaires douteuses. Pour ne pas voir se confirmer ces conjectures malheureuses, la vieille respectait dans ses questions les limites de sa propre peur, s'acharnait à oublier l'avenir qu'elle imaginait parfois et y parvenait. Ce qu'elle redoutait survint cependant, et par le plus grand des hasards, très loin de ses yeux.

Un soir – Gabriel en était à sa sixième bière –, un homme entra et passa sa commande. Le type dégageait une aura de bonne fortune. Gabriel se leva, se dirigea vers lui et l'invita à sa table. Ses camarades, remplis comme des barriques à ras bord, dodelinaient de la tête, crachaient une bave qui restait parfois collée aux lèvres, regardaient à travers les choses. Gabriel voulait garder contenance et afficher bonne mine. Chemin faisant, le type ouvrit quelques portes ; il travaillait pour un Chilien qui payait bien. On pouvait tirer profit de la situation, c'était évident. L'autre livrait son affaire par bribes et Gabriel se sentait complice. Pour ne pas donner le sentiment de forcer la main, il donnait à ses yeux et aux traits de son visage une expression sérieuse, au bord de la distance. Le type eut confiance et, comme il touchait un pourcentage sur le recrutement, il invita Gabriel à venir le voir chez lui dès le lendemain. Les choses allèrent vite. Deux semaines plus tard, Gabriel tenait le volant d'une Toyota Corolla toute blanche récupérée au Chili pour lui faire passer la frontière et entamer son processus de régularisation. Quelques billets bien placés, des papiers neufs, et la voiture roulait en Bolivie, taxi parmi les autres, en toute tranquillité, blanche et blanchie, en règle jusqu'au bout des pneus.

Parfois, en plein après-midi, on pouvait voir passer sur le salar des caravanes d'une trentaine de voitures, toutes du même modèle, souvent blanches et sans plaques d'immatriculation. Le long cortège sortait de son désert de pierres et entrait sur les platitudes de sel qu'il traversait d'un bout à l'autre pour reprendre d'autres chemins détournés. Parmi toutes ces voitures, on voyait parfois celle que Gabriel convoyait. Le jeune homme faisait le voyage les veines chargées d'adrénaline, il avait tout un désert à franchir et, loin de se laisser distraire par le voyage, gardait les yeux rivés à l'horizon pour débusquer ce qui pouvait en surgir. Il aimait ça, cette inquiétude de chaque minute, ces paysages qu'on scrute et le relâchement de l'arrivée.

Parfois, un point de vente s'improvisait sur le salar et des gens apparaissaient de nulle part pour acheter à bas prix. Quand il transportait une voiture du Chili en Bolivie, il était payé entre trois et quatre cents dollars pour la transaction. Il parvenait ainsi à réunir, dans les meilleurs mois, jusqu'à mille six cents dollars, prix de quatre voyages au prix fort, une fortune. Il avait fini par connaître tous les bordels de la ville, ainsi que d'autres, jusqu'à Oruro. À Uyuni, beaucoup de prostituées le connaissaient et il marchait là-dedans en ami des patrons. Gabriel avait alors commencé à rêver de choses plus extraordinaires. Une femme, une belle femme blonde – pas comme la sienne –, et puis une grosse maison sur trois ou quatre étages, avec plusieurs camions garés devant, une maison chaude et spacieuse avec des tissus rouges, des colonnes et des fils dorés. Et aussi d'autres enfants que les siens, des enfants propres, scolarisés dans de bonnes écoles où on les rendrait avocats ou ingénieurs.

Un jour, l'idée fit son chemin. Gabriel passait une voiture et, comme le nombre de véhicules du cortège ne s'élevait qu'à trois, il décida que l'occasion était bonne, attendit un coin où la poussière se levait et ralentit peu à peu pour disparaître de leur vue. Un quart d'heure plus tard, quand les deux autres passeurs s'arrêtèrent, il n'y avait plus qu'eux deux. Gabriel perdu, ils rebroussèrent chemin, craignant quelque mauvais coup, s'approchèrent prudemment de la zone où il avait selon eux disparu. Ils retournèrent plus en arrière, mais toujours rien. Puis, décidant l'affaire perdue, ils reprirent leur chemin. Gabriel avait caché la voiture derrière une colline, sous un rocher, un peu plus loin. Trop risqué de dormir dans la voiture, si on l'y attrapait, il serait cuit. Adossé à sa pierre, il s'enroula dans sa couverture, surveillant la voiture, s'assurant que personne ne passait. Pas un village à cent kilomètres à la ronde, mais on ne pouvait compter sur l'imprévisible et Gabriel passa une longue nuit blanche ponctuée de cigarettes et de rêves à moitié pesants. Le lendemain, la route s'étirait, libre, mais il fallut emprunter de nombreux détours pour rouler l'esprit plus tranquille. Au danger de la police s'ajoutaient les collègues de travail. Jusqu'au soir il roula ainsi, parvint de nuit à Uyuni et gara sa voiture dans la cour d'un hôtel. Le propriétaire du lieu prêta un parking et son silence pour cinquante dollars. Le soir, avant de se coucher, Gabriel reçut sa visite : il souffrait quelques inquiétudes et pensait lui poser certaines questions.

— Excusez-moi de vous déranger, Monsieur, mais j'espère que vous n'aurez pas d'ennuis ici. (Et après un bref moment de silence) Ce que vous me proposez... je ne sais pas...

— Qu'est-ce qui se passe ?

— J'ai un peu réfléchi et... enfin je crois que c'est peut-être un peu dangereux.

— Tu as pris l'argent que je t'ai donné, pas vrai ?

— Oui, mais si la police vient, ce sera difficile. Je ne peux pas perdre mon hôtel. Et puis j'ai des enfants, des enfants qui ont votre âge et qui seraient sans travail si l'hôtel fermait.

— Moi aussi j'ai des enfants. (Puis, s'apprêtant à fermer la porte de la chambre) Combien de plus, pour te tranquilliser ?

Réponse inattendue :

— Il vaudrait mieux que vous partiez, Monsieur, vous m'excuserez, je suis vraiment désolé, je ne peux pas faire autrement.

Et il sortit de sa poche les cinquante dollars que Gabriel lui avait donnés.

Alors Gabriel en sortit cinquante autres, prit la main gauche du vieux et les y mit, la referma, le regarda de travers et claqua la porte après avoir lancé :

— Comme ça, personne n'aura d'ennuis.

Le vieux repartit, contempla son argent, mal à l'aise d'avoir été forcé. Puis il sourit. Il aurait le beurre et l'argent du beurre. Il téléphona au commissariat pour expliquer qu'un individu étrange lui avait forcé la main pour le logement et le parking. Récupérer sa mise, éviter les ennuis que procure la complicité : riche, maître de sa maison et de son destin.

La police vint chercher Gabriel au moment où il s'endormait. Le hasard voulut que le lieutenant qui l'arrêta trempait dans le même trafic, mais Gabriel n'avait traité qu'avec des intermédiaires, il ne connaissait pas ce lieutenant. Arrivé au commissariat, on se mit en demeure de le mettre à table.

— Qu'est-ce que tu fais avec cette voiture sans plaques dans la cour d'un hôtel ?

Silence.

— Cette voiture, elle faisait quoi dans la cour de l'hôtel ?

Vite trouver une idée. Receleur ? Voleur ? Passeur ? Simple acheteur ? Gabriel choisit :

— C'est une voiture que j'ai achetée au salar... un stand...

— Où ?...

— Sur le salar, je vous dis.

— Le salar, c'est grand. Il était où ton point de vente ?

— C'était vers Puqui.

— C'est plein d'eau en ce moment, par là...

— C'était loin du bord.

Le lieutenant changea de position sur sa chaise, se cala de façon plus ramassée.

— Et tu comptais la faire immatriculer où ?

Difficile de dire qu'il comptait prendre le chemin normal : la police des douanes, de bons versements pour le tamponnage des papiers, le sourire des négociations réussies. Ce serait peut-être mal pris. À l'improviste, une tangente s'offrit à lui.

— Je voulais seulement la revendre à quelqu'un et prendre un peu d'argent au passage. C'est tout. Je sais que c'est illégal, mais vous savez, je ne suis pas riche. Je n'ai plus de travail, le patron m'a renvoyé alors que je n'avais rien fait. Je fais juste un peu de mécanique par-ci par-là, pour dépanner les amis. Ma femme tient un *puesto* pas très loin de la station essence. Elle ne gagne pas beaucoup.

Sourire indéchiffrable du lieutenant.

— Et tes complices, si tu nous parlais de tes complices ?

— Comment ça, mes complices ?

— Dépêche-toi.

— Mais je vous l'ai dit, c'était juste pour l'acheter et la revendre. Je ne connais pas les types qui m'ont vendu la voiture.

— Tu habites où ?

— Dans l'Ayacucho.

— Et tu travailles où ?

— J'étais mécanicien dans un garage, le garage dont je vous ai parlé, je vous l'ai dit.

— Et tout l'argent que tu as donné au vieux de l'hôtel, tu le tiens d'où ? Tu vas souvent chercher des voitures, comme ça, pour les revendre ? Il te payait combien, ton chef ?

— C'est la première fois que je fais ça, mon Lieutenant. Mon père a vendu des terrains et m'a prêté l'argent de la vente. Entre ça et des économies que j'avais un peu, j'ai acheté la voiture…

— Elle t'a coûté combien ?

— Cinq mille dollars.

— Ce modèle-là ? Cinq mille dollars ? Ça en vaut au moins le double…

— C'est un prêt que j'ai reçu.

— De qui ?

— Je vous l'ai dit, de mon père.

— Il fait quoi ton père ?

— Il est paysan, un peu de lama, un peu de quinoa. Il a vendu du terrain, il y a quelques mois, il m'en a donné une part pour que j'ouvre un atelier et que je m'installe. J'ai préféré garder tout cet argent pour une occasion…

— Une occasion ?… Acheter une voiture volée ?

Gabriel se mit tête basse.

— Je veux dire pour un moment où ce serait vraiment nécessaire, mon Lieutenant.

Et il s'excusa platement et promit de ne plus remettre le doigt dans ce genre d'engrenage. Le lieutenant le regarda, perplexe.

— Le terrain était grand ?…

— Je ne sais pas.

— Et il est où, ce terrain ?

— Près de Coqesa, dans la montagne.

C'était trop loin pour le lieutenant qui préférait le confort même modeste de son bureau aux longues enquêtes menées à l'autre bout du salar, sur des terres inconnues et peuplées de sous-hommes. Bien que lui-même ait des origines quechuas qu'il pouvait difficilement masquer, le lieutenant Horacio Pardo haïssait les paysans. « Si j'étais au gouvernement », disait-il, « je les ferais tous massacrer, voleurs, menteurs, il leur suffit d'un mètre de terre pour s'étriper ». Son employée de maison dégustait. Traitée dans le mépris, elle traînait dans la maison dans l'attente d'un mauvais coup, d'une insulte ou d'une interdiction de sortie. Concepción nourrissait contre lui une haine infaillible et traîtresse. Elle perdait volontairement des vêtements qu'elle passait à sa famille, prétendait ne pas savoir où ils étaient, invoquant même la probable responsabilité des enfants qui, d'après elle, perdaient beaucoup de choses à l'école, y compris des affaires de leur père qu'ils emportaient là-bas, c'était déjà arrivé, il le savait, c'était pour s'amuser qu'ils l'avaient fait. Alors il la toisait, les yeux de travers, menaçait de faire parler les enfants. Concepción souriait presque, elle détenait la vérité toute seule ; lui, elle le savait, ne pouvait rien prouver. Victoire intérieure. Alors les coups pleuvaient. Il s'en prenait à la jeune femme, la cognait, et Concepción trouvait toujours dans ces coups l'énergie de porter un autre coup, plus grave encore, quel qu'il doive être, le lendemain même, à la garde-robe familiale.

Pardo regardait vaguement Gabriel.

Dans sa tête, il organisait une filature pour mesurer les dangers que risquait le *negocio*. La théorie du voleur isolé, il n'y croyait pas. Il devait y avoir des complices, le début de quelque chose et une tête, quelqu'un qu'on connaissait, forcément.

Gabriel couvrait bien son mensonge et il faudrait enquêter davantage.

— Ton problème est difficile... Là, c'est un peu compliqué, tu vois. Entre les mains une voiture neuve, mais pas de papiers...

— Je vous dis que c'est la première fois que j'achète une voiture comme ça. En ce moment, je n'ai pas de travail et ma femme ne gagne pas beaucoup. J'ai des enfants, deux enfants...

— ... Mais tu sais bien qu'avec un véhicule neuf, sans plaques et sans papiers, pour moi, c'est difficile de te relâcher. Tu te rends compte un peu de ma responsabilité ? Qu'est-ce que tu penserais, toi, si je relâchais un trafiquant ? Tu dirais que c'est bien ? Comment veux-tu que moi je ne pense pas à cette possibilité, que si ça se trouve tu fais passer des voitures et que donc tu connais un peu de monde ? Hein ? (Pardo se régalait, il en rajouta) Et comment je vais me regarder dans la glace, moi, après, si je lâche des gens dangereux dans la ville ? Hein ? Tu peux me le dire ?

Gabriel affaibli, sa voix diminua.

— Je vous l'ai dit, mon Lieutenant, ce n'est pas grand-chose. Plein de gens font ça. Je suis désolé, mais je ne savais pas quoi faire...

Regard interrogateur de Pardo en relevant le menton. Gabriel demanda :

— Comment pourrait-on s'arranger, mon Lieutenant ?

En guise de réponse, le lieutenant ouvrit un tiroir, le fouilla, et le referma.

— L'argent pour la voiture, il vient d'où ?

— Je vous ai dit, de mon père.

Moue dubitative de Pardo.

— S'il vous plaît...

Gabriel se répandit à nouveau en protestations, attira le lieutenant sur la piste d'un accord payé. Accord nécessaire, selon Pardo. Pour ses poches et pour éviter que Gabriel ne trouve suspecte une libération sans contrepartie.

— On peut s'arranger... Ça aidera la police.

Gabriel vit le lieutenant désolé et mit la main à la poche, cent dollars. Pardo, d'un geste du menton, lui fit comprendre que pour le service rendu sa contribution ne suffisait pas. Gabriel en remit cent, humilié. Arrivé à l'hôtel, il alla voir le propriétaire couteau en main et le menaça mollement. Le vieux, à la vue de l'arme tremblante, eut un haut-le-cœur. Pour être revenu si vite du commissariat, le jeune homme devait avoir de puissants contacts dans la police, il valait mieux obtempérer et souhaiter que la nuit passe d'un souffle pour qu'il reparte au plus vite. Il rendit l'argent à Gabriel qui sortit dans la rue où de la terre volait par vagues. À côté de lui, une boule d'herbes sèches emmêlées par le vent roulait. Arrêt chez l'épicier, bouteille en main il partit battre la campagne.

À une heure avancée de la nuit, Gabriel rentra dans la chambre. Carmen dormait depuis longtemps avec les enfants, mais remua et ouvrit les yeux quand elle entendit la porte grincer. Elle se redressa, considéra, ébouriffée, son mari et lui lança qu'à cette heure-là il arrivait sûrement du *putero*. Gabriel protesta sans conviction, mais sans faille. Il avait eu quelques petits problèmes avec un transport, il avait fallu régler ça, mais ce n'était pas encore réglé.

— Demain, je te raconte.

Il se coucha. Carmen respirait en cadence de sommeil, déjà rendormie. Gabriel s'agitait – l'alcool au lieu de l'assoupir cognait dans ses tempes à coups de barre –, le souffle lourd. La police avait confisqué le véhicule et il avait perdu de l'argent, il fallait donc se refaire. Dans les visions tremblantes qui sortaient de son cerveau défilait un scénario à moitié brumeux de revanche et il fallut que la nuit le surprenne dans ses pensées.

4

Deux jours après son entrevue avec Gabriel, le lieutenant Horacio Pardo contacta ses amis et téléphona personnellement à Juan Manuel Garcia.

— Pardo.

Juan Manuel Garcia, qui méprisait les Boliviens pour toutes les guerres qu'ils avaient perdues et pour cette douceur qu'il prenait pour de la lenteur d'esprit, fit :

— Ah !

— On tient le type.

— Et ?..

— C'est un de nos passeurs, apparemment… Alors je l'ai relâché.

— Quoi ?

Horacio Pardo vit l'occasion de se mettre en valeur, il expliqua à Juan Manuel Garcia qu'on était peut-être sur le point de mettre à jour un trafic de grande envergure – on ne savait jamais – et qu'il voulait filer le type et découvrirait, si ça se trouvait, un plan organisé par un réseau interne ou parallèle.

— Règle ça…

Ils raccrochèrent et la rage d'Horacio, plutôt placide d'habitude, lui remonta des entrailles comme du vomi ; il proféra des insultes à mi-voix. Contre Garcia, contre lui-même, obligé d'obéir à ce type qu'il craignait autant qu'il le méprisait. Le plus souvent, il justifiait sa lâcheté par les circonstances, mais le ton de ce type, sec et hautain, l'intimidait et il s'en trouvait réduit à l'évidence, lui, Pardo le chien moins féroce, moins dentu, qui part la queue entre les jambes sur un simple coup de pied. Il ne digérait pas cela, sa soumission et le mépris que l'autre en concevait. Par intermittence, la gratitude prenait le dessus, Pardo songeait aux liasses, à la maison agrandie, au train de vie qui filait doux, alors loin de détester son maître, il se mettait à l'aimer.

Juan Manuel Garcia, vieux voyou de quartier à l'extrémité d'une longue chaîne. Quelques brigands réunis, des vols de voiture, grattage du numéro de moteur et du numéro de châssis, passage en Bolivie. Parfois, venues du Japon et débarquées à Iquique, arrivaient des cargaisons de voitures qui pour certaines prenaient le chemin de la Bolivie, loin des contrôles douaniers. Dans tout ce vaste trafic, Juan Manuel Garcia tenait un rôle de potentat local qui, à son niveau, avait réussi à s'imposer. Inculte, mais forte tête, il inspirait la crainte à ses complices, on le savait capable de basculer dans la violence totale. L'énergie qui irriguait ses paroles circulait autour de lui, dense et incontrôlable. Homme à rayonnement négatif. Il employait une dizaine de personnes pour les livraisons en Bolivie et il s'enrichissait à vue d'œil, roulait en ville la vitre baissée et le bras gauche accoudé à la portière, avec une grosse montre jaune autour du poignet. Il appelait ça « la respectabilité ».

Soit les mécaniciens recrutés avaient perdu leur emploi, soit la vie leur avait joué un mauvais tour et ils avaient renoncé au travail et opté pour l'argent facile et rapide. Certains chauffeurs, avec les années, avaient pris du galon : ils fumaient leur cigarette assis sur le capot, regardaient alentour les yeux plissés, touchaient des primes d'ancienneté. Pour Garcia, dont les affaires dépendaient essentiellement du peu de confiance qu'il accordait à ses hommes, les dérapages de Gabriel furent perçus comme une trahison sans remède. Le seul fait qu'il respire pouvait représenter un danger pour la prospérité de son commerce et la sérénité de ses jours. Devant ses yeux défilèrent alors des troupes de policiers en armes, des bombes lacrymogènes partant en l'air, des canons à eau et des sirènes hurlantes lui intimant l'ordre d'aller passer le reste de sa vie en prison. Juan Manuel Garcia eut un non de dégoût, se rabattit sur une autre vision, le voleur achevé quelque part au fond d'un entrepôt et imagina, mordant son stylo machinalement, un corps vague, vide et froid.

Pour Gabriel, Horacio Pardo n'était qu'un pauvre flic comme les autres, un lieutenant de campagne prêt à tout pour faire grossir son pauvre salaire, un type sans envergure et sans pouvoir. Il prit sa libération pour un laissez-passer et projeta de faire passer d'autres véhicules, sans accroc cette fois. Le lendemain, il expliqua à Viedo – au garage où il déposait d'ordinaire les voitures ramenées du Chili – qu'il avait dû s'arrêter pour ennui mécanique et qu'une patrouille des douanes lui était tombée dessus et lui avait pris la voiture.

Engueulade monstrueuse. Il devrait rembourser, faire de nombreux voyages pour payer la voiture perdue. Gabriel négocia : l'ennui mécanique, une rupture de cardan, il n'y pouvait rien. On l'avait interrogé au commissariat et il n'avait rien dit, il le jurait, il voulait effacer sa dette. On convint d'un prix acceptable.

Quelques heures plus tard, Viedo et Pardo se croisèrent. Ils eurent le temps de se dire deux trois mots parmi lesquels :

— Un jeune, un dénommé Gabriel, qui a perdu son travail, on l'a attrapé avec une voiture garée dans un hôtel un peu lointain. Certainement pour la fourguer en personne et toucher les bénéfices. Il a prétendu l'avoir achetée sur le salar…

— Le fils de pute !

— Il faudrait voir si d'autres types sont impliqués, s'il a des complices qui marchent avec lui, ou un type qui voudrait organiser quelque chose. Il y en a peut-être d'autres, parmi les gars. Ensuite on verra…

Jamais Pardo n'avouait explicitement un crime à personne, pas même aux types qu'il envoyait faire la besogne pour lui, surtout pas à eux. Il ne dit rien à propos des mesures de rétorsion probables qui seraient engagées contre le voleur. On ne parlait pas de la mort, on ne prononçait pas les mots « tuer », ni « meurtre », ni « torture ». Ça sortait des bouches par des moyens détournés, certains virages de langage, par des mots dont le sens avait un effet de voisinage, comme ennui, problème, ou bien encore solution ou liquidation ou, plus lointains, récolte ou désherbage, dans les moments d'humeur badine. Langage de la prudence, de l'image, de l'anesthésie féroce. Tuer devenait léger, on n'éprouvait aucune faute et la mort devenait la conséquence anodine d'une mesure nécessaire.

On ne tuerait pas Gabriel, on l'écarterait juste du chemin d'un coup de pied dans le derrière, ce ne serait rien, juste un peu d'espace, un môme qui chahute au milieu des casseroles bouillantes et qu'on dégage. Le voleur, dans cet événement inéluctable, assumait l'entière responsabilité : il s'était fait le bras armé de son propre destin, lui seul s'était enroulé la corde autour du cou.

Ce qui devait se passer se passa donc. Une semaine plus tard, un type qui savait renifler le flagrant délit et fondre sur sa cible au moment opportun prenait Gabriel en filature. Pour Carlitos, Gabriel circulait à la vitesse d'un pion à écraser pour monter en échelon. Il le suivit mètre après mètre, passa d'un désert à l'autre, franchit des collines, contourna des sommets. Une filature dans le désert est délicate et Carlitos le savait, nulle voiture derrière laquelle se cacher, nulle maison derrière laquelle s'arrêter, nul chemin parallèle, de la poussière qui vous révèle et des méandres ouverts. Le voleur avait laissé s'éloigner la caravane et s'était replié derrière une colline. Quand Carlitos, l'œil à son rétroviseur, s'aperçut qu'il n'était plus dans son champ de vue, il obliqua également et enfonça sa voiture derrière un repli de terrain constitué d'un gros bourrelet de pierres rouges. Il attendit là pendant quatre heures lorsque surgit dans un nuage de triomphe la voiture de Gabriel. Il le suivit, horizon par horizon, roulait sur les zones pierreuses, ne soulevait qu'un minimum de terre. Ils avançaient en des dédales rougis, portés par les ondulations des grandes vagues de pierres immobiles, couleur de sang séché. Parfois un volcan se détachait sur la face du ciel et resplendissait dans les couchants à la mélancolie lumineuse. Quand le soleil passait derrière les montagnes, elles projetaient sur la surface de la terre d'immenses ombres qui, à l'endroit où elles touchaient le soleil, se dissolvaient en poussière. Le jour tombait en faisceaux de lumière jaune, rose et rouge qui balayaient les pentes des montagnes pour ne plus finir par éclairer que les sommets. Puis tout fut d'un bleu pas encore conquis par la nuit, toujours vivace, éclairé par le soleil qui, glissé derrière l'horizon, lui donnait vie par-dessous. La terre, à cause du vent, déjà froide, seules quelques pierres avaient gardé un peu de leur chaleur. Carlitos ferma sa vitre, suivit la voiture volée sans presque allumer les phares.

Le matin, réveil. La fumée des cigarettes sort par les interstices des vitres à peine ouvertes. Elle ondule dans le froid et se mélange à l'air clair. L'un des deux hommes qui accompagnent Carlitos fume cigarette sur cigarette. Il observe. La veille, ils ont dépassé l'endroit où Gabriel a caché la voiture pour dormir, une grappe de maisons vides comme un camouflage de pierre. Carlitos et ses collègues, *sicarios* experts dans le maniement des armes, attendent. Pour Carlitos, Gabriel ne sait pas ce qu'il fait, il cède aux impulsions de l'amateur, souffre de déraillement. Petit oiseau affolé au volant en plein milieu du désert.

Dans la tête de Carlitos, au plaisir du prédateur s'ajoutait le raisonnement. Impossible que le voleur aille vendre la voiture pour essayer ensuite d'embarquer Viedo. Non, la trajectoire de Gabriel empruntait une ligne de fuite. Il irait tout droit chercher sa femme et ses enfants et s'enfuirait par la montagne dans un patelin à l'autre bout du pays pour ne plus jamais reparaître. Il changerait de vie. Mais avant cela, il fallait qu'il meure.

Quand ils firent feu sur lui, ce fut le soulagement du silence, le sentiment du travail bien fait. Le jeune homme n'avait perçu qu'un grand éclat, ensuite tout avait vacillé et s'était transformé en un océan d'oubli qui effaça jusqu'à sa mémoire d'avoir été, le temps d'une courte existence, vivant. Celui qui donna le coup de grâce à Gabriel constata l'apparence tendue de son expression et la grimace d'horreur que faisaient ses dents et, lorsque des vautours donnèrent leur signal de ronde, il fit aux autres celui du départ.

José, revenu de la morgue dans sa nuit du salar, entre ses murs de terre, près du poêle qui ronronnait, regardait dans l'obscurité sa femme s'étouffer dans le chagrin. Des enfants, Marina en avait déjà perdu, mais lors d'accouchements ou bien en bas âge, il y avait longtemps. Trois de perdus qui n'avaient jamais parlé ni vu l'horizon. On les avait mis dans de petits cercueils blancs et on les avait enterrés. De longs pleurs avaient traversé l'air et la terre, puis tout s'était tu. Il arrivait qu'on se souvienne, une pique pointée sur le cœur, et que l'on se prenne à imaginer ce qu'aurait été leur vie. Des images défilaient à l'improviste dans leurs têtes, au lit, en attendant le sommeil au milieu du noir. Des scènes de la vie quotidienne, des visages un peu embrouillés ou des conversations imaginaires avec des êtres morts avant d'avoir vécu. Ensuite ces images s'éteignaient, la pensée des époux Lopez se retournait vers les enfants qui vivaient.

Aujourd'hui, la mort de Gabriel atteignait Marina dans sa vieillesse, un coup du sort ignoble qui la précipitait dans la pente glissante du grand final. Femme endurcie au cœur de vieille, la douleur la défaisait et, pour la première fois de sa vie, Marina, serrant ses couvertures dans le poing, brandit au ciel un chagrin revanchard. Elle se débattait en des songes suffocants.

Dans les siens, José avait l'habitude de voir ses fils briller de toute leur richesse, à Oruro ou à La Paz. Parfois il y croisait des chiens qu'il ne fallait pas approcher ; ils indiquent la proximité du voleur. Dans ses rêves, il voyait aussi de l'alcool pleuvoir d'un ciel mauve électrique sur ses champs secs, il voyait surgir de grandes maisons chaudes et entendait des bruits d'eau qui coule. Dans le rêve qu'il fit près de Marina entortillée dans sa douleur, ce fut autre chose. Gabriel apparut avec sa face de condamné ridicule, de fils qu'on veut secouer voire battre pour le punir d'avoir eu un tel sort. Il regardait sa mère et son père tour à tour. José, la tête sous l'oreiller, attendait qu'il s'explique, mais le visage de Gabriel ne fit voir que la trace, énigmatique et pénétrante, d'un sourire amer.

5

Le lendemain, le vieux se leva de bonne heure et partit dans la montagne. Le troupeau avait passé la nuit sur les flancs du volcan et il fallait les ramener à l'enclos avant d'aller à Uyuni. Matin calme, quelque chose mûrissait dans l'air. Loin au-dessus de lui, le sommet, un arc de cratère ouvert à paroi rouge et vert marbrée incrustée de neige. José marchait d'un pas vif, parfois il s'arrêtait, jetait un coup d'œil à la dérobée au désert, au salar, au chemin qu'il avait parcouru et à celui qu'il lui restait. Marina, ce matin, l'avait travaillé un peu.

— Comment est-il mort ?

José, surpris de cette attaque directe alors qu'il sortait des brumes de sa nuit, n'avait su quoi répondre.

— Quoi ?…

Mine abasourdie.

— Il est mort, c'est tout, qu'est-ce que tu veux qu'on fasse à ça ? Pourquoi y penser ?

— Moi je veux savoir.

Il entendait d'une oreille, l'autre attachée au désert. Il se liait au monde comme ça, avec une oreille qui n'entend jamais rien, une part de soi aliénée au silence. Cependant, quand Marina s'était mise à le secouer en lui demandant ce qui était réellement arrivé à Gabriel, il n'y avait plus eu au fond de ses deux oreilles que la musique éternelle et lancinante d'un désert nouveau, la mort sèche et dérisoire de son fils.

José savait bien que Dieu, la terre et la vie avaient fait de lui et de Marina des époux fatalement inséparables. *À quoi bon se disputer quand on est ensemble à jamais ?* se demandait-il. Il prenait les choses avec distance et ne tapait sa femme que sous l'emprise de l'alcool, hors d'état, bigleux comme un mouton forcené, enfermé dans le noir. Alors les cris traversaient la fenêtre et résonnaient en se perdant dans la nuit, Marina se réfugiait dans un recoin en attendant que les coups cessent de pleuvoir et les objets de voler. Le lendemain, plantée devant le lit conjugal, hantée par une rancœur sourde, elle sortait dans la cour, allait au puits et le réveillait à pleins seaux d'eau froide.

José aimait Marina comme le mur qui fait de l'ombre dans les sécheresses de la vie. Forte et fidèle. L'âme du foyer, sa chaleur et sa sécurité. En rentrant chez lui, il revenait au monde chaud où elle irradiait. Marina Lopez aimait son mari et ne voulait pas oublier, malgré une rancune profonde, qu'il venait se réchauffer auprès d'elle tous les soirs. Un soir de juillet où il était rentré trop saoul d'une fête, il l'avait forcée. Depuis ce jour, elle avait gardé une distance avec lui, elle s'était construit un amour prudent, une conduite plus effacée dont elle sortait seulement quand il paraissait cacher quelque chose.

Depuis la mort de son fils, Marina devinait confusément que José lui avait enlevé une part de cette douleur qui devait lui revenir entièrement.

— Tu as la même tête que la fois où tu es allé traîner avec cette pauvre fille, la Lisbeth qui couchait avec tout le monde, je sais que tu n'as pas tout dit.

Pour ce qui concernait la fameuse Lisbeth, elle avait manqué de se faire lapider plusieurs fois par deux femmes du village qui l'accusaient de « leur honte ». José n'avait jamais sauté le pas, jamais il n'avait trompé sa femme et il ignorait si c'était par amour pour elle ou par manque d'audace. Bien sûr Lisbeth lui avait fait des appels du pied, mais il n'y avait répondu que distraitement, par des hochements de tête et des sourires.

À coups de menton, Marina interrogeait sa mine de menteur. José sentait les traits de son visage crispés par la fausseté. Il mentait et sa femme le savait. Pour trouver une voie de sortie, il avait foncé dans le tas.

— Tout ce que tu dois savoir, tu le sais déjà. Il n'y a rien de plus à dire.

— Qu'est-ce qui lui est arrivé, à notre petit ? Dis-moi la vérité, pourquoi ils lui ont fait du mal ?

— Ils l'ont tué.

— Qui ?

— Je ne sais pas.

— Comment, tu ne sais pas ?

— Je ne sais pas. Je te dis que je ne sais pas.

— Et pourquoi ils l'ont tué ?

— Je ne sais pas.

Marina, comme dans un soliloque :

— Depuis quelque temps, il avait de l'argent, il nous a rapporté plein de provisions du marché, des fruits pour les enfants. Je ne sais pas dans quoi il trempait. Je lui avais dit de faire attention, de ne pas se coller n'importe où... Je l'avais bien dit que c'était trop d'argent, qu'il commençait à ne pas aller bien, à devenir bizarre...

Marina avait ramené ses yeux à lui.

— Comment c'est possible qu'on ne sache pas qui a fait ça ?

— Je ne sais pas. Le policier m'a dit qu'ils l'ont retrouvé dans le désert, sur un chemin.

— Où ?

— Par là.

Et il avait étendu son bras en désignant les lointains.

— Tu ne sais pas où ?

Marina voulait en savoir plus, mais José, ce soir-là, comblé de souffrances, ne voulait rien savoir. Pourtant Marina avait réveillé une lueur particulière dans ses yeux, le doute s'allumait en lui. Oui, sans doute valait-il mieux enlever à cette mort son mystère, savoir ce qui s'était passé, voir la pierre où la tête de Gabriel était tombée et la courbe des montagnes alentour. Le deuil de José s'était alourdi, le temps qu'il avait senti ralentir ne coulait plus et les jours avaient soudain pris le même visage immobile. Il s'était redressé.

— Ce n'est sans doute pas très loin d'ici qu'il est mort. De toute façon, la police nous dira ce qui s'est passé.

— Parce que tu crois qu'ils vont venir jusqu'ici ?

— Non, mais j'irai, moi.

José remuait tout ça dans son ascension lente et chaotique et imaginait Uyuni, les rues de terre, la poussière triste et le trafic. Il devait y apporter ses bêtes pour les vendre au marché. Il passerait donc toute sa matinée dans la montagne, attraperait un lama et le redescendrait, le tuerait et le détaillerait pour le transporter à Uyuni. En ville tout se tendait, on voyait beaucoup de monde, autant de bouches qui parlent, des bus dans tous les sens et plusieurs avenues qui menaient on ne savait où. Là-bas il trouverait où se cacher pour voir.

Le vieux, grimpé sur les flancs de Thunupa, regarda autour de lui et ne vit que du désert, le salar qu'il surplombait et qui s'étendait encore bien loin derrière l'horizon. Quelques centaines de mètres le séparaient des *chullpas*[3]. Le soleil tapait déjà fort et José posait sans peser ses pieds entre les grosses pierres, les épineux et la broussaille. L'air déclinait et il eut le souffle court. Dans ses yeux mi-clos de somnambule, il vit les rues d'Uyuni se confondant à la sécheresse du vent, que les chemins tournaient, vacillaient, qu'un homme à la tête de coupable traversait la chaussée et que la locomotive du train d'Oruro le faisait voler en éclats dans un bruit de verre. Tout le monde applaudit et José, au fond de ses oreilles, sentit craquer l'univers et, dans une torsion de soleil renversé, s'effondra sur le sol. Deux heures passèrent où le vent s'infiltra dans ses cheveux, deux longues heures où personne, pas même lui, ne le savait entre la vie et la mort. Quand quelques vautours se mirent à circuler en spirale descendante et que l'un d'eux, un peu plus hardi que les autres, se posa en l'effleurant de ses ailes, José prit confusément mais soudainement conscience qu'il fallait réagir et puisa des forces insoupçonnées pour un réveil improbable. Il remua, ouvrit les yeux, son lama noir, le plus familier et le plus fidèle, promenait son museau sur son visage. Le troupeau suivait à quelques dizaines de mètres et regardait. José se rappela ce qu'il était venu faire, mais ses jambes, à moitié coincées, ne pourraient pas l'aider.

---

[3] Tours funéraires en pierre ou en adobe destinées aux personnages de haut rang.

Il essaya de se lever, mais dut aussitôt renoncer, son dos se bloquait. Il se rallongea et se mit à parler à son lama noir en lui tapotant la tête. Le soleil brûlait chaque mètre d'air, mais peu à peu le vent se fit caresse et le vieux s'endormit comme une pierre, chauffé par le désert, minéral parmi les minéraux. Dans son sommeil que le soleil rendait suffocant, apparut l'image de sa vieille Marina qui montrait le poing en le relevant et le ramenait à l'ombre de leur maison.

À 14 heures, Marina flaira le mauvais coup et alla chez les voisins demander s'ils avaient aperçu José quelque part. Carlos Alvarez ne l'avait pas vu, mais savait où paissait le troupeau, il l'avait croisé la veille dans la montagne. On se mit en marche. Marina maintenait ses jupes relevées, se faufilait entre les pierres à petits pas. Quand elle vit dépasser d'une roche les cheveux d'une tête inerte qui se balançait au vent, elle poussa un cri brutal et flou. Alors son vieux se leva, sa face réapparut et Marina le vit, le visage ensanglanté, lui dire qu'il venait de faire un rêve bizarre.

Son mal de dos légèrement apaisé, il marchait voûté et très lentement. Carlos Alvarez, de son côté, courait de-ci de-là, guidait le troupeau vers le village à coups de pierres qu'il lançait de sa fronde. Marina soutenait les pas de son mari. Le chemin du retour, long et pierreux, fut un casse-tête pour elle qui pestait contre José et sa stupide sieste. Il écoutait sa vieille d'une demi-oreille, elle lui demandait s'ils n'en avaient pas assez comme ça sur le dos, lui avouait par des reproches son soulagement de le voir sain et sauf. José eut un sourire intérieur – Marina disait sa tendresse brusquement, dans son amour – il le savait bien ; de l'ombre parlait, l'ombre de la soirée où il était revenu saoul, l'ombre de ses peurs, celle de son père parti sans laisser de trace dans sa tendre enfance, celle des vautours près de son fils étendu.

Le vieux, sur un heurt, râla comme un damné, se plaignit dans un murmure de son dos, de la dureté des pierres, et trouva au monde entier une âme de déserteur. Tout autour de lui fuyait et se perdait, et le temps calme qu'il faisait normalement dans son crâne se transforma en tourbillon. La bonde de son âme ouverte, il jura que sur cette terre damnée rien ne servait à rien. Plein après-midi, la lumière du soleil tombait à pic sur les immensités du salar. José vit revenir à lui l'image qui avait clos son rêve, l'assassin de son fils disparu dans la terre soulevée d'une voie de chemin de fer.

Le soleil se perdait de l'autre côté du Thunupa et l'ombre gagnait le salar à la vitesse de la marée montante. La nuit tombait au galop, les lamas trottaient vers le village, le vieux marchait lentement.

Le visage lavé et les mains pendantes, tard, assis contre le poêle, il cherchait ses mots pour expliquer à Marina ce qu'il avait vu, ce qui se passerait près de la voie ferrée.

Marina savait tout comme José que les rêves sont la voix d'un destin qui parle et qui prévient. Dans le rêve de José, il n'y avait que les couleurs de la bonne nouvelle, la mort de Gabriel ne resterait pas impunie. Elle ajouta :

— Chacun doit payer pour ce qu'il fait. (Et elle termina) Et même si ça ne se fait pas ici, c'est Dieu qui s'en occupera.

Les paysages où ils vivaient, ces règnes de sécheresse, d'altitude et d'air aspiré avaient appris aux deux époux qu'il valait mieux craindre Dieu plutôt que le braver. Les montagnes qu'il avait dessinées étaient trop escarpées, trop lourdes, les plaines étendues trop longues, trop vastes, l'herbe poussée trop rase et l'air soufflé trop rare. Pourquoi lui en vouloir ?

Dieu regardait, les yeux enflés par sa colère de juge indigné, les meurtriers avec haine et mépris pour les jeter ensuite dans un incendie où le feu les brûlait à chaque seconde de leur enfer éternel. Dieu pouvait être mauvais, la preuve, son invention du désert. En somme, il avait trop de force, mais quand il cessait d'en abuser et que sa bonté surgissait, alors il devenait humain. Une fête, les danses, les marches au son d'une flûte dans les allées nocturnes du village, une pluie un peu plus forte que d'habitude, ou bien encore la naissance sans complication d'un enfant. Dans ces moments, Dieu avait quelque chose de commun avec tous les hommes, il oubliait ce que l'humanité avait d'impur et essayait de donner un peu de bonheur, de faire un geste. Mais que la face d'un meurtrier apparaisse et il se redressait de toute sa hauteur et redevenait Dieu. Les deux vieux savaient cela et, le soir, mangèrent une soupe dont la fumée chaude avait un parfum de justice. L'heure viendrait fatalement où ceux qui avaient le paradis sur terre, les riches, les tout-permis, les abuseurs ne tarderaient pas à connaître l'enfer tandis que les misérables, ceux qui avaient hérité d'une terre implacable, ceux-là seraient récompensés pour tous leurs sacrifices et trouveraient pour refuge le bonheur perpétuel au paradis.

José ne vénérait pas que son Dieu, il adorait aussi sa terre. Le bruit de ses pas dans le sable, le coup de pioche donné au champ, le quinoa qu'on arrache du sol, qu'on écrase, qu'on rassemble sur la terre, l'herbe rare que mangent les lamas, les veines d'eau sans sel qui parcouraient les sous-sols et affleuraient dans la profondeur des puits, tout cela engendrait une profonde et pieuse gratitude envers la Pachamama. Gabriel, dont l'enterrement était prévu pour le surlendemain, allait la rejoindre, s'en nourrir et la nourrir, faire partie de cette immense patrie qu'avaient fondée Dieu et la Pachamama, le ciel à la terre réuni.

L'insistance de Marina, sa volonté de savoir, son agitation révoltée œuvraient en José. Le vieux se mettait peu à peu dans la tête que la justice divine, trop lointaine, ne pouvait se faire sans qu'il y jette un œil et s'en mêle. Dieu, oui forcément, vengerait son fils un jour, mais son père sur Terre, son père de chair et de sang, c'était quand même lui, José. Il avait empli le ventre de sa femme, œuvré en silence à l'éducation de son fils, lui avait enseigné les ficelles du désert et de son métier de berger et de cultivateur, donné gîte et couvert pendant plus de vingt-quatre ans, observé grandir à distance en ne relevant que peu les yeux, lui avait appris à encaisser les coups du sort par un simple soupir. Ça donnait des droits. Bien sûr, il les partageait avec Dieu, mais ces droits restaient les siens et sa vieillesse amère lui donnait toute raison d'en user. José avait trop vu la solitude, marché, trop enterré de gens, vu trop de pluie, trop de terre remuée pour que sa fatigue de vivre soit tout à fait sereine. Il aimait Dieu, la terre, vivait son sort patiemment, mais avec la mort de son fils se perdait toute chance de rémission. Son destin lui apparut alors dans toute sa cruauté nonchalante. Il allait falloir y mettre de l'ordre. Dieu avait abusé de sa force et usurpé son pouvoir. L'injustice de trop. Et des questions se posaient. Pourquoi permettre que des hommes tuent si c'était pour les juger ensuite et les faire pourrir en enfer ? À quoi bon ne pas faire la justice avant que le crime soit commis ? Pourquoi laisser le meurtre devenir réalité ? Au nom de quoi les autres devraient souffrir ? Pourquoi Dieu gaspillait-il sa Création ? José hochait la tête. Noyau dur de son questionnement sur lequel il butait toujours quand il pensait à Gabriel − au-delà des explications mécaniques, des circonstances, des mauvaises fréquentations, de l'argent −, José se répétait :

Pourquoi ?

Et il secouait la tête.

À ses yeux, le paradis ne pouvait que l'attendre, en récompense des malheurs endurés. Pourtant, quand il en arrivait là de ses certitudes, le vieux ne voyait plus rien. Ce paradis ne présentait pas de contours, pas de décor, pas de consistance. Aussi immatériel que l'air qu'il respirait.

Le poêle brûlait des restes de braises, la nuit reposait. José se tenait assis et regardait dehors. Marina remuait, prise dans la toile d'un rêve inextricable. Dehors le vent soufflait et les arbres bougeaient par à-coups, surpris par les rafales. José se leva, mit son nez à la fenêtre et se dirigea vers le lit en boitant légèrement. Il s'assit, Marina semblait sortie de son rêve et dormait dans une paix apparente. Il posa sa main sur son épaule, elle ne bougea pas. Il s'allongea, se sentit lourd, ses membres, tout son corps l'écrasait, l'enfonçait dans le matelas et José, la tête plongée dans l'oreiller, s'endormit sous son propre poids.

6

Le lendemain matin, il devait prendre la route, aller à Uyuni vendre la viande au marché. Un voisin du village d'à côté y allait aussi et José attendait avec lui, au coin de la place, que le camion de don Julian qui venait de Churakari arrive.

Parfois le transport tardait des heures, parfois on montait dans des bus dont les essieux cassaient qu'on réparait avec des morceaux de bois, ou bien la grosse voiture chère d'un gringo qui les prenait en stop et les emmenait à des vitesses infernales dans l'aridité du paysage. Quand José montait dans une voiture de touristes aux yeux clairs, il avait l'impression, malgré les ornières et les pierres, de rouler sur l'asphalte. Il regardait le paysage dans un bercement, calé dans un siège confortable. Quand il descendait et que la portière se fermait d'un claquement, le véhicule s'éloignait dans un nuage qui, retombant peu à peu, laissait voir l'espace vide.

En février de l'année d'avant, le minibus qui ramenait José et quelques autres chez eux tomba en panne à quinze kilomètres de Jirira. Cet été-là il avait beaucoup plu, des pluies persistantes et incessantes, la campagne avait reverdi. Il avait tant plu que le salar était recouvert à hauteur de dix centimètres environ d'une épaisseur d'eau qui, en plein jour, devenait parfait miroir. Les nuages se reflétaient sur la surface lisse de l'eau et l'horizon s'effaçait. On ne pouvait supposer sa ligne qu'en calculant le point au milieu du segment reliant les nuages avec leurs reflets. Ciel ou terre ? Tout était bleu parsemé de boules blanches en suspension au-dessus des têtes et sous les pieds.

Le chauffeur du véhicule, ému par tant d'infini et absorbé par le Thunupa qu'il visait et voyait grossir avec impatience, s'était mis à rouler trop vite et avait brassé de telles quantités d'eau salée que le système électrique, inondé, lâcha, le sillon et les remous que faisaient les roues cessèrent et le minibus s'échoua dans la lumière aveuglante de midi. On regarda autour de soi. Que du ciel en miroir, partout. Le chauffeur estimait trop lointaine la terre et avec cette chaleur et cet air sec, celui qui tenterait de rejoindre le rivage à pied pour aller trouver du secours prendrait de gros risques. De jour, il disparaîtrait dans le sel et le soleil, de nuit il se perdrait, les pieds et les chevilles rongés par l'eau salée. Personne ne s'y voyait. Pendant trois jours et deux nuits, on attendit, les regards patinaient sur le monde glissant. Là-bas tout au fond, très loin, légèrement suspendu, un point sombre apparut au milieu de la journée. Bougeait-il ? Et s'il bougeait, dans quelle direction ? On s'interrogeait longuement, on faisait des conjectures sur la nature de l'objet. Île ? Voiture ? Reflet noir ?

Pendant l'attente, on dormit le plus qu'on put, on berça les enfants, on mangea le moins possible. Parfois on s'énerva, car le danger rendait les gens bavards et les mauvaises langues se déliaient. On se défoulait sur le chauffeur qui n'avait pas pris la précaution de remplir son moteur avec assez de branchages secs pour endiguer l'invasion du sel ; on s'attaquait – d'abord par des soupirs, ensuite par des invectives – à son voisin qui en prenait trop à son aise sur son siège. Le soir, réfugiés dans les couvertures, on ne se souhaitait pas bonne nuit, mais on espérait secrètement le salut de tout le monde ; c'était la condition pour celui de chacun. Le deuxième jour, certains, dont José, enlevèrent leurs chaussures et firent quelques pas dans l'eau autour du minibus. Fraîche, glacée malgré toute la journée de canicule, les cristaux de sel piquant la plante des pieds. Au loin, la silhouette massive et crénelée de Thunupa. La nuit arrivait, la chose pouvait mal tourner si personne ne venait. Provisions épuisées, deux grandes bouteilles d'eau, trois jus de fruit en sachet plastique plus les quelques litres du système de refroidissement moteur. L'eau du salar, saturée de sel, ne pouvait se boire.

Au début de leur troisième nuit d'attente, alors que certains se voyaient déjà finir là et que les enfants perdaient patience, deux petits phares trouèrent l'horizon. Tout le monde tendit la tête et le regard, le silence s'emplissait de palpitations. On espérait que les lumières grandiraient vite et ne prendraient pas une autre direction, qu'on viendrait les chercher à coup sûr. Le chauffeur ne pouvait pas faire d'appels de phares et chacun se sentit soumis à cette nuit qui les cachait, qui les retenait, qui les maintenait dans la main noire de son piège. À la merci du bon vouloir du salar et de la nuit.

Quand les naufragés se virent directement éclairés et que la lumière ne les quitta plus, ils se surent tirés d'affaire.

Quelques commentaires heureux se firent entendre et une mère brandit sa fille devant la vitre pour lui montrer la voiture qui venait et les ramènerait chez eux, sur terre.

La nuit plus perçante que jamais, le froid immobile saisissait les corps comme le feu la viande. Les étoiles, elles, chaque fois plus distantes. L'obscurité s'allumait, mais d'une lumière trop lointaine et il n'y avait pas, pour ainsi dire, d'espace plus vaste.

Lorsqu'on arriva à Jirira, les adieux furent brefs, les voyageurs voulaient fouler la terre ferme, retourner chez eux au plus vite. José dormit chez don Roman et put rejoindre Coqesa le lendemain.

— Comment ça va ?

— Ça va.

— Heureusement, aujourd'hui, c'est sec… Tu vas à Uyuni aussi ?

— Oui. Je vais vendre de la viande… J'ai besoin d'un peu d'argent… C'est mon fils, qui est mort.

La voix avait couru de village en village le long des bords du salar, répandue au-delà dans le désert. La réalité, quand elle arrive dans les bouches, se tord dans tous les sens et le vieux don Roman avait entendu plusieurs versions dont les variations l'avaient laissé perplexe.

Un jeune de Coqesa, tombé dans un puits, noyé, une glissade stupide.

Un jeune de Coqesa tombé au milieu d'un règlement de comptes entre narcotrafiquants mexicains et colombiens pour des questions de territoires à la frontière chilienne.

Un corps découpé à la machette et enterré aux quatre coins d'une morne plaine.

Un jeune homme retrouvé mort dans la montagne, attaqué par un puma qui, sans doute lassé de chasser du bébé lama, s'était jeté sur sa nuque.

Un corps criblé de balles, mangeoire à vautours pendant deux semaines...

On racontait l'histoire comme on voulait la voir, on s'improvisait messager de l'horreur. Don Roman demanda :

— Ils ont trouvé le coupable ?

— Pas encore.

La réponse parut optimiste. Pour que le vieux réponde ça, il fallait que sa cervelle ait souffert quelques altérations.

— La police le cherche ?

— Peut-être. Je ne sais pas.

Don Roman s'imagina lui demander comment la police pourrait attraper les coupables en observant le vieux qui fixait les lointains blancs du salar, ses yeux noirs à l'ombre du chapeau.

Le silence, entrecoupé de vagues remarques sur l'état des récoltes et de l'élevage, dura tout le temps que le camion arrive et se prolongea jusqu'à Uyuni où les deux vieux se séparèrent en se souhaitant bonne chance. Dans l'air sans vent, José apporta sa cargaison au marché, vendit ses quartiers de bête et repartit avec quatre cents bolivianos en poche. Midi sonnait, il chercha un endroit pour manger. Les rues, longues et larges, s'étalaient dans l'impassibilité de l'air et de la poussière. À la pompe, un camion chargeait de l'essence pendant que le chauffeur rangeait toutes ses marchandises à l'arrière et que deux femmes à *polleras* vert acide et rose bonbon, aux tresses grisonnantes et au chapeau rond, lui demandaient où il allait. Plus loin, un homme encore saoul de la veille arpentait un coin de rue en cherchant à dire quelque chose aux gens qu'il croisait. José le regarda sans pitié. Indécent, dans cet état, en plein midi, de se planter devant tout le monde, à tous les yeux de la ville quand le soleil au zénith ne t'aveugle même plus. En matière d'ivresse, José préférait la présence des proches et la discrétion de la nuit.

Un klaxon retentit, le vieux leva la tête et lut sur une façade : « Commissariat ». José, hagard, fixait les lettres qu'il déchiffrait dans un étonnement lent. Les bruits du trafic s'estompaient et la poussière soulevée s'immobilisait en l'air, brume de terre figée. Enveloppé, José eut un mouvement de recul, de peur, d'humilité ou de résignation. Une inertie involontaire de ses muscles le clouait sur place. Une dame, assise sur un banc à quelques mètres, l'observait à travers l'ambiance confuse, toujours plus intriguée. Alors un léger vent se leva et chassa la poussière des rues qui fit place à celle du désert. L'atmosphère fraîchit, José se secoua et entra. Quelques personnes assises sur des chaises en plastique et métal, en attente. Dans toutes ces têtes et ces jambes, des histoires que José ne voulut pas imaginer. Derrière le comptoir de l'entrée siégeait un agent, il écrivait lentement sur un cahier, des noms, des dates et des numéros de dossier. Devant tant d'application, le vieux n'osait bouger et, d'un geste imperceptible, enleva son *llujchu* qu'il tint en ses mains jointes, devant lui. Un homme s'approcha, visiblement un officier, finement moustachu, qui l'interrogea d'un regard.

— Je voudrais vous parler.

— De quoi ?

— De mon fils.

— C'est qui votre fils ?

— Gabriel... Gabriel Lopez.

Pardo invita José à sortir, les deux hommes se mirent à parler sur le trottoir. Pourquoi s'exposer à des oreilles indiscrètes ? Pourquoi faire imaginer au vieux, en le recevant à l'intérieur, que la justice pourrait suivre son cours jusqu'au bout ? Dehors, il comprendrait qu'on ne trouverait pas de solution à un problème insoluble. José répéta :

— Je voulais vous parler.

Pardo ne répondit pas – il connaissait la supériorité du silence sur la parole – et demanda par un mouvement du menton à José de lui préciser les choses.

— Il s'agit de mon fils. Je voulais savoir si on avait trouvé quelque chose.

— Pas encore. C'est difficile. On n'a aucune information. (Puis il ajouta) Ton fils a été enterré ?

Grimace de José.

Pardo comprit que pour le vieux, d'une certaine façon, enterré ou pas, Gabriel ne le serait jamais vraiment tant qu'on n'aurait pas pris les assassins.

— Il n'y a pas beaucoup d'espoir.

— Mon fils était un bon garçon.

— Les gens qui l'ont tué comme ça sont sans doute des brigands de la pire espèce. Ils n'ont pas eu pitié…

— Et vous ne savez rien ? Qu'est-ce qu'il faisait dans le désert ?

— Je ne sais pas. On ne sait rien…

Ce policier disait dehors, tout en regardant les véhicules passer, que seul le désert connaissait l'identité des meurtriers. Ce manque de précision irrita José.

— Comment ça se peut que vous ne sachiez rien ?

Pardo, voyant les sentiments du vieux s'assombrir, adopta un ton presque larmoyant.

— Je comprends ce que tu dis, mais il faut aussi nous comprendre. On fait du mieux qu'on peut pour retrouver les assassins et leur donner la punition qu'ils méritent. Ce n'est pas facile. Tu sais que le gouvernement ne nous donne pas beaucoup de moyens. Je trouve un corps au milieu du désert, qu'est-ce que tu veux je te dise ? De quelle arme viennent les balles ?

Il regretta sa phrase, scruta le vieux et chercha vite.

— Et tu sais qu'on a plein de problèmes, que beaucoup de voitures de patrouille sont en panne…

Pardo affichait un air désolé, mais pour José, il cachait un mensonge, une ignominie, forcément. Le policier crut à ce moment sentir que les esprits du désert reprenaient possession du vieux, qu'ils lui conseillaient de baisser les bras devant tant de vent et de sel, et il ajouta :

— Et puis nos voitures, on ne va pas pouvoir les réparer avant deux mois parce qu'on vient de commander les pièces.

José se doutait bien de la manœuvre. Pardo le fixait dans les yeux et, d'un mouvement discret du pied, balaya la terre pour égaliser la surface d'une tombe fraîche, qu'on ne la voie plus. Quand il vit la légèreté de vainqueur dans l'air faussement grave de Pardo, il rétorqua :

— Vous vous moquez de moi.

À voix basse, le lieutenant lui souffla :

— Moi aussi je veux que justice soit faite.

— Non, vous n'en avez rien à faire. C'est ça qui est vrai, vous ne voulez rien faire.

Un des hommes de Pardo, au visage brûlé par le soleil et les yeux enfoncés sous la visière de sa casquette verte, passa à côté de son chef et salua. On lui répondit de la main et on se retourna vers le vieux, toujours à voix basse.

— Tu n'as pas le droit de me dire ça. Tu n'as pas le droit de m'insulter.

— Je ne vous insulte pas, Lieutenant, je dis ce qui est. C'est comme ça et c'est tout.

— Ne me manque pas de respect ! Ces accusations sont très graves !

Coup de poing « sur la table ». Il fallait donner un tour un peu plus juridique à la conversation et rappeler au vieux que même son fils mort, la loi continuait de s'appliquer au père. José prit peur, pas pour les mots du policier. À cause de l'index tendu et pointé vers lui, il fit deux pas en arrière, haussa à peine les épaules et ses bras retombèrent. Il entra dans une colère silencieuse et rentrée, sourde et incommode, mêlée à la méfiance. Le cocktail détonnant du mépris et de la crainte. José tremblait, quelque chose s'inversait en lui, un immense dégoût qu'il vomissait par les yeux, il pleurait de rage. Pour que le policier ne le voie pas, il tourna les pieds et fit demi-tour dans la poussière de 17 heures où il jeta ses dernières larmes d'un revers de la main.

7

De son entrevue avec Pardo, José ne dit rien. Son deuil pesait trop. Jamais on ne trouverait de solution ni on ne verrait l'assassin surgir au grand jour, menottes aux mains et bouche tordue par la crainte du châtiment réservé. Le vieux, les coudes plantés dans les genoux et sa nuque fraîche dans la paume, se l'imagina pourtant s'approcher de lui, suppliant qu'on le relâche, traînant les pieds, lamentable, accusant les autres alors que c'était lui le coupable et qu'on le savait.

L'esprit de José s'ouvrait peu à peu aux domaines lumineux d'un monde où la justice s'exécutait avec une férocité implacable et inéluctable. Le cou encore froid, il approcha ses mains du poêle, les frotta l'une à l'autre et les reposa toutes deux sur sa nuque. Son regard erra à la surface du sol cimenté, passa d'une brindille à une pierre minuscule et ainsi de suite. Pas d'insecte. Le sang lui montait aux joues, dans le contour des yeux, aux tempes. Sa tête gonflait et José ne pouvait la relever.

— Alors ?

— Alors quoi ?

— Tu as demandé pour Gabriel ?

— Non, il n'y avait personne pour me recevoir au commissariat.

— Donc on ne sait rien de plus ?

— Rien de plus.

José gardait la tête baissée, ployant sous la douleur. Attendre en silence, courbé, la force de se relever, de s'ébrouer.

Marina insista, il résistait, inerte. Pourquoi raconter le détail de sa rencontre avec Pardo ? À quoi servait de tirer sur la corde sensible ? Qu'elle en sache le moins possible.

— Je me suis promené, j'ai vu Oscar et on a mangé ensemble. Ensuite, je suis allé…

Et il s'interrompit.

— Où ?

— À la *tienda*, acheter ce poulet.

— Et tu n'as pas insisté, au commissariat, pour savoir quelque chose ?

— Ils m'ont dit qu'ils ne pouvaient pas me recevoir. « Surchargés », ils m'ont dit. « Des trafiquants de drogue partout. »

Deux mois auparavant, alors qu'il faisait le tour de ses arpents de quinoa, le vieux avait vu venir, dans la blancheur immense, un tout petit point noir. Au bout de deux heures, ça s'était rapproché et José s'était immobilisé pour mieux voir : un homme poussait une moto.

Une demi-heure plus tard, le type franchissait l'entrée de Coqesa, entre les deux colonnes de pierre qui de jour et de nuit quand elle est claire, servent de repère. Il posa la moto sur la béquille, vint vers lui, trempé salé jusqu'aux os, tout blanc et la mine brûlée d'épuisement.

— Bonjour, je suis policier. Je m'appelle German…

José s'étonna de cette approche et le questionna sur sa mésaventure.

— À la sortie d'Uyuni, à Colchani, j'ai pris à droite dans le salar en plein dans la direction du Thunupa qu'on m'avait dit de suivre et j'ai en gros longé le bord. Et puis il y a eu de plus en plus d'eau. La moto a marché de plus en plus mal et j'ai dû la pousser, j'en avais jusqu'aux genoux…

Le jeune homme d'à peine 25 ans portait une combinaison vert foncé et un gros blouson noir. Des projections de sel s'étaient même incrustées dans la peau de son visage. En bandoulière, une sacoche ; sur les yeux, des lunettes de soleil à reflet chromé. Il venait de Potosi avec sa moto, un 250 chinois complètement noyé, devait rallier Llica sur les coups de 9 heures, un rendez-vous important. José hochait la tête, se demandait ce que contenait la sacoche et déduisit. Un transport, quelques kilos pour un intermédiaire qui prendrait le paquet à son tour et l'emporterait davantage vers l'ouest, au Chili. José, perplexe, hochait la tête silencieusement, entre approbation et indifférence. Pour quelques milliers de dollars touchés en un jour, le jeune homme s'en allait au hasard de dangers mortels. Il lui fallait assurer le fonctionnement de la moto et repartir dans le salar de nuit, quand tout se dérobe, dans une direction que José lui indiquait, l'index tendu vers les lointains. À quitte ou double.

— Llica, c'est par là-bas.

Il lui décrivit la forme des montagnes, une longue barre coiffée d'un glacier horizontal, et lui expliqua le chemin : il devrait trouver une trace fiable, empruntée, nette et il pourrait en dernier recours aussi s'aider des étoiles. Le jeune homme, tendu, remercia, serra la main molle de José et poussa sa moto vers la maison qu'il lui indiquait.

En le regardant partir, le cœur du vieux se pinça et son sang, sous le coup de la gravité céleste, remonta vers la tête.

Du jeune homme croisé, on n'avait plus jamais rien su.

— Rien de plus, ils t'ont dit ?

— Quoi ?… Non. Je t'ai dit, je n'ai vu pratiquement personne… J'ai attendu, rien de plus. Si j'avais de bonnes nouvelles, je te les dirais.

— C'est parce qu'elles sont mauvaises que tu ne veux rien dire, c'est ça ?

— Il n'y a que des mauvaises nouvelles. Il n'y a que ça. (Et au petit qui s'approchait trop du poêle en fonte) Fais attention, tu vas te brûler.

José ne songeait jamais à la révolte, mais quelque chose le poussa, malgré la fatigue, à soupirer plus fort que de coutume. L'idée de ne jamais voir les assassins punis donnait dans l'esprit du vieux au visage de Gabriel des accents de douleur plus prononcée. Que cette perspective s'annonce aussi longue qu'irrémédiable et c'en devenait trop. Il allait falloir agir sur les choses, faire trembler la réalité, fouiller, trouver la clef qui lui permettrait d'être le père de Gabriel jusque dans la mort.

Le son aigu d'une *quena* traversa la nuit et la porte de sa maison, les songes du vieux se dissipèrent. Il se dirigea vers l'entrée et ouvrit. Hagards, des amis du village promenaient leur silhouette contre les murs, défilant à l'ombre des maisons sous la lumière de la pleine lune.

De vieilles amitiés ou simples connaissances qui n'avaient jamais songé non plus à quitter leur campagne. Il vit aussi doña Maria que son veuvage poussait dans toutes les occasions de fête. Doña Maria vivait avec son fils de 48 ans qui la menaçait de passage à tabac quand elle rentrait saoule. Le fait qu'elle revienne la mine avachie, le corps en compote et le verbe haché ne le dérangeait pas, non, il pensait plutôt aux mauvaises langues du village, les serpents qui parlaient à tort et à travers et qui, à l'occasion de discussions furtives au détour d'un chemin, expliquaient à leurs connaissances que doña Maria se comportait assez mal pour qu'on puisse la qualifier de pute et que, si son mari vivait encore, il lui aurait collé une trempe mémorable, mais que malheureusement, depuis le ciel, la distance l'empêchait de porter les coups.

Le fils ne pouvait consentir à ce que la rumeur fasse de son père mort un cocu. Alors il tremblait et levait au-dessus de sa mère une main rageuse pour faire taire les gens malveillants et défendre son nom. Doña Maria, caractère trempé, ne se laissait pas faire et parfois, rembrunie par l'alcool, jetait à Marcelo « ses quatre vérités » :

— Va-t'en. Va-t'en de cette maison et ne reviens pas. Tu n'es pas mon père, ni mon mari, alors tais-toi et va-t'en loin d'ici… Je ne veux pas t'entendre… Et puis à ton âge, qu'est-ce que tu fabriques chez moi, tu ne peux pas te trouver une femme ?

Marcelo prenait un autre ton :

— Les gens parlent. Tu le sais, ça.

— Les gens sont mauvais, mauvais comme des chiens malades.

— Mais ils parlent.

— Ils peuvent parler… qu'ils parlent.

Et, entraînée par le rythme, elle entonnait une chansonnette incompréhensible et secouait la tête en riant.

Convaincre sa mère relevait du miracle et Marcelo l'accompagnait dans les fêtes où lui aussi s'arrosait copieusement, rassuré par l'idée que, pour les villageois, rien de préjudiciable ne pouvait arriver à doña Maria en présence de son fils.

Mais aujourd'hui Marcelo n'était pas là, on l'attendait à Oruro, derrière le rideau d'une maison close à pièce unique pendant que sa mère, déjà bien saoule, disait à José qu'elle apercevait dans l'ombre de sa porte :

— Allez ! C'est pas bon, la tristesse.

Et elle chancelait.

Marina, derrière, répondit haut et fort qu'ils étaient fatigués. On insista, et on finit par attraper José qui ne demandait pas mieux qu'un peu de relâchement. Sa femme jaugea la situation, fit la moue et lui rappela avec une nuance de dépit qu'elle ne l'attendrait pas trop tard. Les autres, elle les prévint que son mari devait rentrer entier s'ils ne voulaient pas avoir affaire à elle.

— Ne vous inquiétez pas, doña Marina… Excusez pour le dérangement.

Une voix venait de sortir de l'ombre. Une autre lui succéda :

— Je reviens.

Rentré dans la pénombre de la ruelle, José suivait le train, à petits pas lents un peu dansés, la flûte au vent, les tambours battus dans la glace insistante de la nuit. Sur le chemin, ils tombèrent nez à nez, au coin d'un muret en terre arrondi par la pluie, sur un chien qui aboya parce qu'il flairait l'odeur d'alcool et que cette odeur lui rappelait celle des coups et de la poussière qu'il mangeait quand son maître l'attrapait en titubant. Un deuxième chien arriva et grinça des dents. D'autres aboyèrent, alertés par les premiers, et le village tout entier et ses alentours résonnèrent à la manière d'une meute dont le bruit se propagea jusqu'à quelques spécimens perdus dans les pentes de la montagne, en écho dispersé. Ils s'arrêtèrent, cherchèrent à terre bâton ou pierre, le silence se fit. On tapa sur un tambour puis sur un autre. Et le fracas reprit, les chiens s'éloignèrent et José battait la grosse caisse d'un bout de bois recourbé à son extrémité, au rythme du sang. On marchait au milieu de la musique que le silence du désert absorbait, jusqu'à la maison de don Ignacio à l'orée de la nuit totale.

Le sifflet qu'émettait le vent s'épaissit puis tout se calma, l'air devint immobile. La maison de don Ignacio n'était pas très grande. Le petit terrain, enclos par un mur d'adobe de quatre-vingts centimètres de hauteur environ, s'étendait sur deux bonnes centaines de mètres carrés. Dans cette cour en terre poussaient deux ou trois arbustes entourés d'herbe clairsemée, finissante. Faite de deux pièces dont l'une sans murs donnait sur l'extérieur, à la façon d'un préau, la maison se dressait, râblée, solide sur ses assises, presque à l'épreuve des saisons. Dans un coin du préau trônaient deux caisses de bouteilles vers lesquelles José se dirigea pendant que la ronde des tambours reprenait. Don Ignacio fit démarrer le groupe électrogène avec l'essence qu'il lui restait et on entendit, en sourdine et derrière les bruits de flûte, le vrombissement souffreteux du moteur qui alimentait les ampoules pâlissantes. José donna les bières, on les ouvrit, la mousse déborda. Ignacio fit le service, verre après verre, et chacun en versa quelques gouttes par terre pour rendre honneur à la Pachamama et la remercia pour les bouches qu'elle nourrissait, l'appui qu'elle donnait aux murs des maisons et aux pieds. José renouvela l'offrande, il trempa ses doigts dans la mousse et la jeta par terre en secouant la main. Chacun leva son verre et tout le monde se dit « Santé ! »

Après le premier verre, Ignacio fit à nouveau le service et José prononça, solennel et emprunté, un « Santé » que tout le monde sentit amer. Son voisin lui tapa sur l'épaule et invita à son tour tout le monde à boire avec lui, « Santé ». Chacun, à tour de rôle, levait son verre et les autres suivaient, les têtes s'affolaient plus vite. Dans cette ivresse à l'unisson, la dérive commençait, collective et rieuse, puis on sautait à pieds joints en se tenant par la main dans les profondeurs de la nuit et on se lâchait. On buvait pour arroser la terre, pour être ensemble, s'abrutir. Le froid rendait urgent que l'on se réchauffe ; la sécheresse du désert, qu'on se désaltère. Et l'on ne sentait plus de la vie qu'un courant d'air tiède qui vous propulsait dans les domaines d'un ailleurs souvent solitaire. On voyageait en dodelinant de la tête, l'écume aux lèvres et le regard comme deux étoiles perdues.

José n'en était pas encore là. Il accumulait les verres, les bouteilles, de concert avec tout le monde, et parfois seulement son coude dérapait et manquait de lui faire perdre l'équilibre. À côté, Don Ignacio lui dit :

— J'ai appris pour ton fils, je suis désolé.

Et il leva son verre pour trinquer avec José.

— Santé !

— Tu sais ce qui s'est passé ?

— Non. Pas vraiment.

— La police n'a rien trouvé ?

— Apparemment non.

— Tu verras qu'ils les auront. Ça ne reste jamais impuni, ça.

Ignacio se trouva des accents de fausseté, mais ne s'y attarda pas et poursuivit.

— Ils vont forcément trouver quelque chose. Ils ont du bon matériel, maintenant… Ils ont l'arme ?

José hocha la tête.

— Non ? Mais ils connaissent plein de monde et ils trouveront. Tu verras. Et toi, comment ça va ?

La tête de José se balançait, sa douleur se diluait dans la danse. La musique repartait, tout le monde se leva et une ronde se forma où chacun, musicien ou pas, levait son verre de bière ou sa bouteille vide à la face perdue du ciel. Plusieurs fois ils firent le tour de la cour, titubaient, tapaient du pied, fixaient le sol, soudain immobiles. Tout ce temps, le tambour et la flûte ne cessèrent pas.

Un voisin entra – don Fernando, veuf endurci, ami de José – qui l'entraîna dans leur ronde, prêtant son tambour et son verre. Don Fernando, au bout du dix-huitième, sentit se déchirer les chaînes de son existence et entreprit de convaincre doña Maria de lui accorder quelques-unes des faveurs dont elle avait le secret parce qu'en plus d'être belle et veuve, elle possédait quelques terres. La vieille, un peu d'écume dans le regard, le repoussa doucement :

— Tu sens le chien.

Don Fernando entreprit de s'asseoir et tomba sur les fesses en laissant échapper un pet puis un soupir :

— Doña Maria, tu m'as toujours plu, tu le sais, ça ?

— … Je n'ai jamais été belle… Et je suis vieille.

Don Fernando appuya sa tête sur l'épaule de Maria contre le monde chancelant. Elle le laissa faire, rappela l'inutilité d'espérer des cochonneries et, dans un demi-rêve, dans l'ombre et la brûlure du froid, le vieil aspirant s'imagina auprès d'une femme jeune, à la peau tendue et aux caresses innombrables. Maria ne parlait plus et ne bougeait plus, et Fernando sentit se former en lui un désir sincère et profond. Une vague soudaine d'alcool lui monta au cerveau et son corps se mit en marche, il voulut se coucher sur elle. Doña Maria sentit les illusions de son voisin, elle le secoua, l'agrippa par le bras, approcha sa bouche de son visage et lui dit cruellement, les yeux à moitié fermés :

— Mon fils va te tuer.

Et elle posa sa tête contre le mur, l'épaule mi-relâchée mi-effondrée.

José s'installa auprès d'eux, le regard de Maria se leva sur lui. Fernando se redressa et ouvrit grand la bouche pour commencer un discours auquel il renonça en retombant sur le mur. Il resta là ; sous lui, l'immense rotation de la Terre et le tournis qui le prenait. La planète passa dans un trou d'air et reprit sa hauteur, et Fernando se leva d'un bond lent, promit à Maria qu'il revenait, parcourut la cour en attendant que le froid le claque et lui donne les idées un peu plus claires. Dans l'ombre, quelqu'un le rejoignit et Fernando lui expliqua – deux mesures d'esprit recouvré et la clavicule du compère fermement tenue dans sa main – que rien ne sortirait l'homme de la merde noire où il pataugeait.

— C'est toujours pareil. Toujours quelques-uns qui s'en mettent plein les poches et qui ne peuvent pas partager… Hein ? Qu'est-ce qu'on va faire ?

Et Fernando, en prononçant ces mots, brandissait son verre à droite et à gauche. Un silence prolongé se fit, ponctué de hochements et de murmures vagues. Une longue minute passa et dans un saut improbable de l'esprit, pesant et vacillant, il fit :

— Mes filles sont parties… Elles sont parties en ville, à El Alto… Il y a trois semaines…

— Où ?

— À El Alto, mais je ne sais pas où exactement.

— Et elles font quoi ?

— Des études. (Et puis, entrecoupé de silences parfois longs) Administration d'entreprise, elles m'ont dit... Tu les connais mes filles, hein ? Attends un peu, tu verras... Je suis sûr qu'elles feront de belles choses. Tu m'entends ? Elles sont intelligentes, elles, c'est pas comme moi... Tu vois ce que je veux dire ? Elles valent plus que leurs parents... Il vaut mieux que ça aille dans ce sens, non ?... Et pis, hé ! On n'est pas des ânes non plus... Et ta femme ?... Hein ?... Comment elle va ta femme ?...

Fernando plongea son regard quelque part dans les lointains, y puisa son inspiration et revint aux yeux de son interlocuteur.

— ... Parce que la mienne, tu vois, elle est morte... Un jour elle s'est mise au lit, regarde, regarde-moi dans les yeux, écoute ce que je te dis, la mienne elle est restée au lit dix jours et après c'était fini... Je l'ai enterrée là-bas, le long des murs de l'église, mes filles étaient là... Quoi ? Oui, je sais que tu y étais...

Et Fernando, en se balançant, s'interrompit là.

À la même heure exactement, la cadette se promenait avec son petit ami sur le Prado, une glace à la main pour digérer le poulet-frites. L'aînée, dans une chambre d'arrière-cour à Rio Seco, faisait une passe, de quoi gagner le prix des courses et celui des études. Un pacte secret les liait, jamais leur père ne saurait, amants ou clients.

Fernando, courbé, versait quelques larmes sur le souvenir de sa femme et celui de ses filles. Il les épongea en reprenant sa danse et il porta ses pas – fou froid dans la nuit du désert, raide et désireux d'un coup – jusqu'à l'endroit où doña Maria gisait.

— Allez, ma vieille, on va à l'église.

— Vieux cochon...

Et elle murmura quelque chose que personne ne comprit. Au-dessus des immenses espaces de sa solitude, elle divaguait. Dans le grand remue-ménage de l'ivresse, on voyageait secoué entre les gens, le bruit, la musique et le fil des pensées ou celui de l'oubli. Ici ou ailleurs. Allers-retours incessants. Et quand l'esprit déchirait l'air en prenant le large, il recevait la lumière violente des espoirs fous de l'homme ou la noirceur du vide. L'ombre et la lumière pareillement aveuglantes. Quelle voie de perdition prenait Maria, difficile à dire. Elle parlait toujours, mais en phrases marmonnées, tantôt implorantes, tantôt rageuses, trempées dans l'alcool et illisibles.

L'orchestre jouait à tue-tête. José, englué, se dépêtrait avec son équilibre et avançait à la queue leu leu avec les derniers qui venaient de se relever, dans une ronde qui dura deux heures, ponctuée de chants qui discordèrent peu à peu. À la fin, chacun beuglait son propre hymne à la joie de ne plus rien reconnaître. Le tohu-bohu fendait la nuit au son d'une cacophonie tournoyante, trou temporaire dans le silence du désert immobile. Don Fernando, qui dansait derrière Maria en la tenant par la taille, crut qu'elle dormait debout. La vieille sentit que la pression des doigts de son partenaire s'accentuait et sortit de la ronde en trottinant jusqu'à des chaises dans le préau où elle s'assit. Elle chantonnait, riait, faisait voir ses quelques dents. On filait à toute allure au rythme des tambours soudain enfiévrés. José suivait, sa respiration s'amplifiait et il sortit éjecté de la file indienne comme un train de grand-huit sort de ses rails et s'échoue en vol plané dans le calme de la nuit. Catapulté dans le coton. Il ouvrit les yeux. Devant lui, Maria sur sa chaise, la nuque en apparence disloquée, releva la tête et le regarda d'un froncement de sourcils.

— Il faut tuer ces gens-là… Ceux qui ont tué ton fils, il faut les tuer. Nettoyer. Ces gens n'ont que le droit de mourir… (Elle cracha devant elle et s'essuya la bouche de sa manche) Dieu est témoin.

José, dans la pénombre, chercha dans les yeux de la vieille. Il ignorait si c'était du délire ou la vérité, si doña Maria « voyait », en prophète des espaces hors dimension. José cherchait toujours et une mince lueur de lucidité s'agita dans les yeux de la vieille. L'âme de José s'échauffa, son sang se mit à bouillir à chaque recoin de son visage. Sentiment de colère divine ? Désir d'une vengeance sadique ? Peur des assassins ?

Résignation ? Honte de se résigner ? José rougissait. Il s'enferma derrière ses paupières et l'image se fit de Dieu, sur un balcon, les bras croisés appuyés au garde-fou de sa balustrade en brume, le cou tendu et la mine souriante du témoin curieux. Le vieux perçut un applaudissement et leva la tête au ciel. L'aube pointait. Il s'appuyait contre la vieille dans le froid que le soleil naissant chassait. Soudain, plus fort que les autres, plus concentré, un rayon vint frapper les yeux de José dont la tête s'enflamma et qui pleura. Le vieux, cette nuit, avait retrouvé une certaine légèreté, mais l'aurore rendait son ébriété lourde et ses douleurs limpides.

— Ça ne sert à rien. Le mal est fait. On ne peut rien faire.

— Si, il faut faire… Il le faut…

— Maria, on ne sait pas ce qui s'est passé, avec qui il était, pourquoi, on ne sait rien…

— Il faut quand même faire quelque chose.

— Tu sais bien que ce n'est pas possible.

— Moi, je serais toi, je les tuerais. Les attraper et les laisser aux vautours.

— Ils n'y toucheraient pas.

Alors que le vent séchait ses yeux, il ajouta, serein, presque convaincu dans son renoncement :

— C'est comme ça.

— Moi, si je les avais sous la main, je prendrais la pierre, là, celle-là, là, disait-elle en la pointant du doigt. Et je la taperais sur la tête, là, comme ça.

Et elle leva à plusieurs reprises son bras au-dessus d'elle et abattait son poing fermé dans l'air en faisant : « Ta ! Ta ! Ta ! » En écho, la peau d'un tambour résonna. La musique reprit et Fernando, en compagnie d'un autre dont les yeux révulsés ne voyaient pas encore que le jour s'était levé, rappliqua :

— Allez, on y va. On va chez moi, j'ai de la bière. J'ai de la bière, répéta-t-il en cherchant à soulever la vieille.

José prit la flûte, souffla dedans à tue-tête et se dirigea vers la sortie.

L'acolyte de don Fernando, appuyé contre le muret, vomissait, secouait la tête et jurait. Le cortège se remit en marche et en musique dans la lumière encore fraîche de 8 heures et l'on arriva chez don Fernando que sa femme accueillit avec une bassine d'eau froide. Elle voulut virer tout le monde, on essaya de la calmer, ils ne resteraient pas longtemps et elle pouvait trinquer avec eux. Elle partit.

Maria retrouva ce qu'elle disait à José. Tout le monde dans le village rechercherait les coupables et on les trouverait et on les tuerait à coups de pierre. Tout le monde approuva. José se replia sur lui-même. L'espace d'un instant, il s'imagina un lynchage collectif intense, mais à ses oreilles les mots de la vieille sonnaient faux, elle jouait la haine et ses crachats pâteux lui tombaient juste devant. Souvent les gens, sincèrement ou pas, cherchaient à s'infiltrer au cœur de son chagrin pour l'apaiser. Ils se heurtaient à un noyau dur, personne ne pouvait ressentir ce qu'il éprouvait, enfermé dans l'isolement hermétique de la douleur extrême. On pouvait l'abreuver de récits de vengeance, ça n'agissait pas sur le rythme de son cœur qui battait à la cadence lente du ressassement lancinant. Devant ses yeux ne s'ouvrait plus qu'un horizon vide et obscurci par l'ombre d'un crime qui resterait impuni et inexpliqué pour l'éternité. Il sécha un dernier verre et le secoua pour en faire tomber la mousse collée au fond. Il se leva en se signant d'un geste furtif, prit congé des autres, sortit en traînant sur le chemin où le soleil le cueillit.

Ce lendemain de fête le rendait triste, sous cette lumière, il se sentait fatigué, dépouillé de tout son être. Cette nuit d'alcool avait trempé son cœur et l'avait progressivement dépouillé, à nu. La plaie fraîche est sensible et José sursauta, il se souleva et un profond haut-le-cœur lui fit vomir le peu d'illusions qui lui restaient.

Le vieux rugissait parce que le vide l'avait épuisé. Il était trop vieux pour avoir peur, il avait droit à cette vérité qui redonne fière allure aux morts comme à leurs proches. Parce que le décès de Gabriel, ce n'était pas possible. Il n'avait pas passé vingt ans à remplir l'assiette de ses enfants pour rien, vingt ans de travail et de sacrifice où il avait fallu arracher sa survie en fouillant la terre, à charger du bois, des ballots de quinoa, courir derrière les lamas dans les pentes sans fin des montagnes. Il avait fallu vivre avec ce soleil violent et implacable, il avait fallu s'y faire et on s'y était fait.

8

José dormait dans la *flota*, en chemin vers Uyuni. Il ne rêvait pas, il dormait. Il faisait nuit et on arrivait à Huari. À la sortie de la petite ville, un peu plus loin, l'asphalte cessa, les suspensions rebondirent et la poussière s'éleva dans le sillage du bus qui se cabrait dans les bosses et les trous. À peine distinguait-on les lumières rouges des voyants de freinage au milieu de la terre chambardée. Les étoiles dans la nuit parfois décrochaient. Au ralenti, on passait par des *rios* à moitié secs et la *flota* se balançait, nonchalante, au bord du déséquilibre. La tête de José cogna contre la vitre. Il ne se réveilla pas. Seul au milieu de l'univers. Non loin de l'aube, une vitre s'ouvrit pour dissiper la respiration accumulée des gens, la chaleur. Le courant d'air froid qui circulait dans le bus atteignit José en plein visage et il s'éveilla, plissa les yeux, concentré dans son flottement. Des images de La Paz lui revenaient, la *Terminal de buses* au toit si haut et la foule comme emportée dans une partie de foot multi-balles, une vieille du marché Uruguay qui avait reçu son argent la main recouverte d'une pochette plastique, le gigantesque agglutinement de maisons tapissant les parois de ce qui ressemblait à un cratère évasé. Combien de vies, d'histoires, dans tout ce bruit ? Le regard du vieux retrouva la nuit à travers la vitre. Il songea à ses autres enfants. Pouvait-on en tirer une consolation ? Parmi eux Hector, le deuxième, le petit qui n'avait jamais rien compris qu'à moitié, arrivé à rien, vendeur de glaces dans la rue en attendant que les gens aient soif. Ridicule, de la promenade payée des miettes, l'œuvre d'un fainéant, d'un incapable. Traîner dans les rues en klaxonnant avec un soufflet d'enfant. José lui avait pourtant toujours montré ce que c'était que le travail. Comme son propre père. Lui non plus n'avait jamais cessé de travailler. Il avait craint la terre, il l'avait amadouée par sa ténacité, sa volonté dure et tranquille. Tous les jours tôt levé, allé dans les champs, tous les jours les mêmes gestes qui avaient fini par lui être propres. De tout ça Hector ne connaissait rien, un vagabond en salopette colorée qui trimbalait sous le soleil sa fausse humilité de mendiant, c'était tout. Ce fils, José le voyait comme une tache recouvrant son nom.

Gabriel non plus n'avait pas repris en main les travaux de son père, n'avait pas eu la prudence d'épouser un destin humble et en fin de compte n'avait pas fait grand-chose, pas de grand métier, pas de belle situation. Et puis tout – ses mines contractées, l'argent qui dépassait de sa poche quand il s'asseyait, les discours saugrenus qu'il tenait parfois –, tout ça tenait du louche. José en voulait à son fils pour cette raison, il aurait mieux fait de choisir la tranquillité, rester à la maison, l'attente patiente. Mais sa nature impulsive, téméraire parfois jusqu'à l'aveuglement, avait dû l'amener à déborder. José, avec des mots de père dur, le réprimanda intérieurement. Ces phrases abrasives s'évanouirent et les mots se perdirent quand le visage de Gabriel et sa grimace éternelle apparurent. À l'image de certaines momies à flanc de Thunupa, des gens avec un bébé, la bouche ouverte et crispée, fauchés par une éruption pyroclastique ou un trou d'air gigantesque. Morts en criant d'asphyxie. Devant ce souvenir, la rancœur de José s'évanouit. Désolation. Gabriel avait manqué de discernement et chacun en payait le prix à sa manière, mais on ne pouvait en vouloir aux morts, comment peuvent-ils se défendre, se racheter ? Alors José s'en prit à lui-même et le soir, au moment de prier dans son lit avant de dormir, il demanda pardon à Dieu pour ce qu'il n'avait pas fait. Aussitôt sa conscience repartit en sens inverse : non, ce n'était pas possible, jamais il n'avait voulu de mal à son fils. Même de loin, il l'avait toujours aimé et le destin aurait dû s'abattre sur d'autres déserts.

Alvaro, son père, le lui avait bien dit, dans ses récits de la guerre du Chaco. Il lui avait raconté que certains, ceux qui puisent dans leur gourde pour apaiser les mourants, qui taillent le chemin sans se faire relever très souvent, ceux qui portent les blessés jusqu'à se tordre les chevilles, qui n'avaient jamais vraiment très faim, il en avait vu de ceux-là qui, au sommet d'une colline pelée, se faisaient couper en deux par une rafale sortie des épineux. « C'est comme ça partout », disait son père. « *Mala hierba nunca muere.* » Les gentils, les nobles, eux, sont foulés aux pieds, également méprisés des hommes et de Dieu, pas de place pour eux en ce monde. En racontant cela, ses lèvres se plissaient en une moue qui disait : « mais qu'est-ce qu'on peut faire ? » Sa tête se secouait, s'ébrouait pour dissiper la suie des âmes malignes dans laquelle baignait l'humanité. José hocha la sienne. Le souvenir lointain de son père se clarifia et il se rappela son proverbe préféré, *lo cortés no quita lo valiente*, quand le petit José revenait de jouer avec ses camarades et qu'il se chagrinait de ne pas avoir su rendre une insulte ou un coup. La courtoisie n'enlève pas le courage. On peut être gentil et courageux à la fois. Il y a même un certain courage à être gentil, le gentil choisit de croire en les autres sans se défausser. Est-ce qu'espérer amenait à se faire écraser ? se demandait le vieux.

Il restait Dieu, mais les relations avec l'Être Suprême s'étaient tendues. Il s'effaçait de son champ de vision à mesure que grandissait la peine, lentement mais sûrement submergé par un pessimisme aigre qui teintait son regard sur le monde. Les humbles étaient trop humbles et les puissants trop puissants pour pouvoir parler de justice.

José se souvint de la terrible histoire arrivée à un de ses grands-oncles, rendu fou par la mort de son fils tombé après avoir trop bu. Une fiole d'alcool à quatre-vingt-dix qu'il avait vidée au fond de la mine pour s'attirer la clémence du Tio, le patron des lieux, figure aux contours de diable affamé qu'il faut repaître de lama sacrifié, d'alcool, de cigarettes et de coca. Au fil de la remontée, à mesure que la lumière se propageait dans les boyaux, on voyait l'eau gicler sur la pierre. L'homme glissa sur la terre humide et s'engouffra dans un trou large de deux mètres et profond de dix. Dans la seconde, son cerveau s'injecta d'adrénaline, espéra qu'il survivrait au choc, se raidit, se demanda « pourquoi ? » et sa tête percuta quelque chose. Cloué dans le fond de la nuit.

Son père, quand on lui apprit la nouvelle, ne crut pas un instant à la thèse de l'accident et paria sur la malveillance. On l'avait tué, là, dans le secret des boyaux, une main l'avait poussé dans le dos. Le jour où il retourna à la mine, les messages de condoléances résonnaient bizarrement, les têtes se baissaient et il jura intérieurement. L'après-midi, il en liquida deux qui se penchaient au-dessus du gouffre pour en recevoir l'air frais. Au crépuscule il fut démasqué. Il fit ses aveux, convaincu d'avoir agi dans le bon sens, et fut condamné à passer ce qui lui restait de vie derrière les barreaux où il avait erré, le regard vague et le sourire aux lèvres.

Dix minutes avant l'aube. Aurore. José descendit les marches du bus, la main appuyée sur la cuisse. Son pied toucha terre, son corps se détendit puis se replia sous le vent. De l'autre côté de la rue, un *puesto de api con pastel* où le vieux porta ses pas. Sous une ampoule accrochée à la bâche plastique, une femme penchait sa tête au-dessus des casseroles chaudes. La friteuse crépitait dans le silence du matin. José s'assit, la vendeuse proposa un *api* et un *pastel*, il approuva.

À sa gauche, deux hommes évoquaient un accident incroyable qui s'était produit sur le salar, un choc frontal entre deux Land Cruiser chargés de touristes, lancés à plus de cent kilomètres/heure, comparable à un impact en plein mur à plus de deux cents, d'une violence inouïe. Les voitures s'étaient pliées, l'essence des bidons avait giclé et les corps gémissants et abasourdis s'étaient enflammés au milieu des carrosseries déchirées en carcasses, os, métal et plastique pêle-mêle calcinés. Treize morts et un survivant éjecté par la vitre, miraculé à peine brûlé et juste fracturé du fémur.

— C'est pas ce que j'ai entendu. Il y avait quatre voitures en tout, trois dans un sens et une dans l'autre. Un des trois était masqué, l'autre ne pouvait pas le voir et il a surgi et ils se sont retrouvés face à face. La présence des deux autres voitures à proximité a compliqué les choses. Faits comme des rats. À ce qu'il paraît, ils n'ont pas pu s'éviter, c'est ça que j'ai entendu…

— Non, il n'y avait que deux voitures. Le survivant a dit que la voiture qui venait en face devait passer sur sa gauche, mais l'a percuté sur la droite après s'est brusquement déviée. L'autre chauffeur se serait endormi…

José imaginait un type plutôt rond, assoupi, la tête inclinée vers l'avant, le buste penché, une main plus lourde que la gauche et le volant qui tourne, imperceptible d'abord, ensuite plus franchement. Ça clochait. Irréel. Comment pouvait-on piquer du nez avec des touristes plein la voiture, qui parlent, rient, prennent des photos, s'extasient en demandant qu'on aille plus vite ? Pour José, le type avait beau jeu de dire que le conducteur d'en face s'était endormi. On ne s'endort pas quand on a une voiture en sens inverse à croiser sur la même trace. On a cent fois le temps de se voir de loin, de prendre ses précautions et de rester vigilant. *À moins que*, se dit le vieux, *ce soit un excès d'habitude ? De confiance ?* Il rejeta cette idée, se représenta les deux chauffeurs, les mains serrées autour du volant, chacun se disant que l'autre allait « s'ouvrir » et libérer la trace, d'abord en toute bonne foi, ensuite par jeu, puis par défi. *Qui cédera le premier ? Personne. L'esprit comme une corde d'arc à l'instant de lâcher la flèche. L'autre n'osera pas, c'est ce qu'ils se disent. Ainsi s'achève l'aventure, sur un simple malentendu impossible à dissiper à cette vitesse-là.* Quand on perçut l'imminence du choc, il fut trop tard. Voilà ce qui, selon José, s'était vraiment passé. Quelques minutes de bêtise fatale pour une seconde de vérité.

Il marche, la fin de matinée. Dans les rues passent des conversations :

— Ferme ton manteau.

— Je n'ai pas froid.

Le petit se débat sous la main de sa mère qui le lâche. Les deux tournent au coin de la rue.

Un peu plus loin :

— Et qu'est-ce qu'il t'a dit, Ramiro ?

— Il n'a pas osé venir me parler. J'ai attendu, à la sortie de l'école, mais il est passé devant moi et il est parti.

Des écolières pouffent de rire.

— Et tu ne lui as pas couru derrière ?

Elles pouffent de nouveau et s'éloignent le long de l'avenue.

— La roue est prête ? Non ? Je reviens plus tard.

— Une petite heure.

— D'accord.

Dans une *tienda* où José achète des *galletas de agua*.

— Au revoir.

— Au revoir.

Sur un banc, à côté d'un jeune couple embrassé.

— *Mi amor.*

— *Si, mi amor.*

— Pourquoi tu m'as laissée si longtemps, j'avais froid, tu étais avec qui ?

— Avec Juan et Omar. Tu as froid, ma chérie ?

— Oui, prête-moi quelque chose, prends-moi dans tes bras.

— Voilà, *mi amor.*

— Oui ?

— Quoi ?

— Demain c'est dimanche, qu'est-ce qu'on va faire ? Tu vas m'emmener où ?

— Où tu veux, *mi amor*. On pourrait aller manger du poulet ?

Un courant d'air passa sous leurs pieds et José se leva pendant que les jeunes s'étreignaient. Il marchait lentement, courbé, les mains derrière le dos agrippées à une poche plastique pendante. À droite à gauche, l'humanité causait par bribes épousées au vent. Pas le temps de renifler. Ça passait et le vieux avançait.

José déambulait, s'arrêtait, penché sur ses pensées, depuis le petit matin. Quelque chose mûrissait en son for intérieur, une décision dont les contours ne se présentaient pas encore à lui clairement. Il sentait cette détermination dans ses veines où son sang battait en cadence vive, dans ses muscles qui chauffaient au soleil de 11 heures. L'ivresse de la résolution. Il ferait un grand tour hors de la ville et il saurait. Il demanda, on lui indiqua. Le pavé cessa, les maisons prirent fin. Au loin, le cimetière des trains, locomotives et wagons recouverts de rouille, à peu près tous sur des rails, carcasses rongées par la sécheresse du jour, le froid de la nuit et le sel de l'air. La voie ferrée, elle, continue dans le désert, invisible parmi les mirages. L'horizon est fait de ces immenses miroirs-flaques virtuels qui rendent vague la jointure du ciel et de la terre. À cet endroit, l'Altiplano, sec et ras, dans son faux plat légèrement montant, procure l'impulsion du tremplin. Far West de haute altitude, petits hommes de pierre effrités par le froid, de l'infini à pleines gorgées, à ne plus savoir quoi respirer. José marchait, le vent souffla, il se courba. Des sacs et des papiers enlevés d'une touffe d'herbe à une autre, temporaires accrochages.

Soudain dans un flottement de vapeur que midi formait, surgit la voiturette montée sur deux roues de vélo, d'un homme à la combinaison jaune et rose, Hector. Mais s'agissait-il de lui ? se demandait José. Que faisait-il là, à cheminer entre des tourbillons de poussière ? Peu à peu, son père le reconnut.

— *Buenas tardes*, Hector.

— *Buenas tardes*, Papa… Qu'est-ce que tu fais par ici ?

— Je reviens de La Paz, je suis allé voir, pour ton frère, pour demander un peu d'aide.

— Et alors ? Tu as eu quelque chose ?

— Ils n'ont rien voulu donner. Et toi ?

— Je travaille.

— Ça va bien ?

— Ça va… (Une hésitation passa dans son regard) On en sait un peu plus sur ce qui est arrivé à Gabriel ?

— Non… rien non plus.

— Et maman ?

— Ça va. Enfin, ça dépend…

Hector fit signe qu'il comprenait de la tête et la baissa.

José, les yeux plissés, le considérait en silence. Il aurait pu poser davantage de questions, mais les réponses risquaient de le décevoir, il valait mieux ne rien demander, amener la séparation par le silence et le laisser repartir, trimbaler sa voiture à glaces dans les rues, arpenter les murs et se confondre avec la poussière du désert et la lumière du jour. José eut honte de souhaiter que son fils s'éloigne et tenta un sourire qui tint peu. Hector, la vie se l'était avalé. Pas comme Jésus qui tenait un emploi de bureau à l'administration centrale d'ElectroPaz. Une fois par an, il venait voir ses parents de la ville et apparaissait sur le chemin en costume cravate. Dans le village, Jésus figurait au rang de monsieur, comme German, le doyen de la communauté, qui s'asseyait sur une pierre et y restait, dans son bel ensemble marron clair, en chemise blanche, une main posée sur sa canne et les yeux fouillant patiemment l'air.

Souvent, à ses autres enfants, José avait vanté les mérites de Jésus, son sens du travail, son sérieux, la considération qu'il avait gagnée auprès de ses collègues. Carla et Concepción, ses deux filles, pendant ce genre d'évocation détournaient le regard. Gabriel et Hector, eux, prêtaient à cela une oreille distraite : ils voyaient en Jésus une incarnation de l'arriviste prétentieux qui vit à la ville, qui se montre en costume quand il vient en province et qui parle à tout le monde avec une gentillesse faite de mensonge et de condescendance. Pour eux, Jésus avait le mépris souriant. Hector répondait à son père que la grande ville ne lui plaisait pas. « Je n'aime pas la ville », répétait-il. Gabriel regardait dans le vague pendant ce temps. Et quand le ton du vieux devenait acerbe, l'échange se faisait plus vif, ponctué par un « oublie-le » lancé comme un crachat soupiré. Mais José n'oubliait rien du tout et il accusait – le soir dans son lit, dans le silence de la nuit, à voix basse et lentement – ses enfants de paresse.

— ... Est-ce que tu sais où travaillait ton frère ?

— Je ne sais pas... Un jour où je l'ai croisé, il m'a juste parlé d'un certain Viedo, qui a un garage. Pourquoi ?

— Je voudrais juste aller voir. Peut-être qu'il sait quelque chose... Et toi, qu'est-ce que tu vas faire ?

— Rien.

— Viens voir ta mère, ça lui fera plaisir.

— Oui.

— Tu sais où il vit, ce Viedo ? (Réponse négative) Et toi, où tu vas ?

— Là-bas, au cimetière de trains.

José fit « Ah ! » et ils se dirent au revoir. Plus loin il se retourna, la silhouette diminuée d'Hector avançait en se balançant, écrasée de lumière.

— Je cherche l'atelier d'un certain don Viedo…

Il porta ses pas de l'autre côté de la rue.

— Je cherche l'atelier de don Viedo, s'il vous plaît, vous connaissez ?

À droite à gauche, les têtes firent non. On ne connaissait pas de Viedo.

— Vous êtes sûr ? C'est un garagiste du coin. Essayez de vous souvenir. Vous vous souvenez ?

Des non qui s'accumulaient, des signes d'étonnement, la désapprobation ou les dos qui se tournaient. Pour secouer l'inertie du monde, José restait fiché là, flèche de chair séchée plantée dans la terre sablonneuse. À force d'immobilité, les gens se mettraient à parler. Comme à un âne obstiné afin qu'il se mette de côté. Pour se débarrasser de lui, on finirait par donner le renseignement, José le sentait. D'ordinaire, il s'écartait avant qu'on le lui demande, n'insistait pas, ne tannait jamais les gens. Les seules réalités qu'il avait travaillées, c'étaient la terre de ses champs, ses lamas et le corps fécond de sa femme, des années auparavant. Entre les autres et lui, José avait toujours laissé passer beaucoup de vent. Aujourd'hui, pourtant, il se cabrait.

— Je crois bien que je me souviens. Mais c'est pourquoi ?

José sursauta, la regarda dans les yeux. Pouvait-il lui raconter son histoire ? En avait-il envie ? Le fond de la pupille un brin éperdu, le vieux dit ce qui lui vint à l'esprit :

— C'est un ami.

— Je crois que don José qui vit là-bas, à l'angle de la rue, là-bas, vous voyez ? Le portail couleur rouille. Lui, je crois qu'il doit savoir.

José frappait au portail métallique crénelé qui résonnait comme une cloche plate quand il entendit :

— J'arrive !

Le vieux s'enleva le chapeau et quand l'autre apparut dans l'ouverture de la porte on lui demanda ce qu'il voulait.

— Vous dites don Viedo ? Félix Viedo ?

— Oui.

Quelques secondes.

— Qu'est-ce qui s'est passé ?

— C'est un ami et cela fait longtemps que je ne l'ai pas vu et on m'a dit qu'il avait changé d'endroit…

Mine perplexe. Pendant qu'il le voyait douter, José s'interrogea. L'autre lui poserait-il des questions ? Si ça faisait longtemps qu'ils ne s'étaient pas vus, combien de temps, où habitait Viedo avant de déménager… ? Jusqu'où pouvaient aller ses questions ? José l'ignorait, mais sentait que par des failles invisibles les mots de l'autre pourraient l'empoigner.

— … La dame à la *tienda* de là-bas m'a dit que vous saviez où on pourrait le trouver.

L'autre considéra le vieux. Lui reprocherait-on d'avoir donné l'adresse ? Il sortit, tira le portail sans le fermer tout à fait et indiqua le chemin, le bras tendu et l'index pointé vers l'horizon incertain de l'avenue.

Fin d'après-midi. Les écoliers sortaient et se dispersaient en grappes dans les rues et riaient et jouaient. Le soleil en s'approchant de l'horizon grossit, parut sur le point de se crever, la lumière sembla se répandre et s'absorber dans la terre. La nuit se refermait sur Uyuni et les lampadaires s'allumèrent. Les choses se resserraient, se concentraient, et dans la ville la poussière se teinta de reflets. Plus loin, José se l'imaginait, aux confins de son village, la nuit devait rendre l'âme à cause de la pleine lune dont le firmament enveloppait de lumière blanche les tonnes d'étoiles jetées à coups de seau dans le ciel.

Les raisons qui amenaient José à déambuler encore en ville à cette heure où il aurait dû être rentré chez lui, aux côtés de sa vieille Marina, ne lui apparaissaient plus que confusément, elles circulaient en tourbillon vague dans la lumière affaiblie du crépuscule. Le lendemain, se répéta-t-il, il retournerait à Coqesa, il trouverait bien un transport. Il traverserait le salar, laisserait derrière lui l'empilement des maisons noyées dans la terre volatile.

José fixait le sol, les lèvres contractées comme celles du souffleur de trompette, il releva la tête et repartit. Dans son esprit s'échafaudaient les questions qu'il pourrait poser à Viedo pour le faire sortir de sa tanière, mais à chaque fois José trouvait la réplique biaisée, l'échappatoire possible et sa stratégie s'écroulait. Dans cette partie qu'il jouait contre lui-même pour préparer son entrevue, José sentait que certaines pièces maîtresses lui manquaient, il avançait à découvert. Pas une pierre pour se cacher derrière, pas un feuillage à l'ombre duquel se tapir.

Il frappa à la porte qui ne s'ouvrit pas. Les murs restaient clos et silencieux. Quelques minutes le vieux attendit là, observa les passants. L'un d'eux n'infléchirait-il pas sa marche, ne viendrait-il pas jusqu'à la porte pour l'ouvrir en disant « je m'appelle Viedo, et vous ? » Non. Dans le soir qui durait les gens ne faisaient que passer, un vieux qui portait sur le dos un baluchon de toile bleu ciel, un groupe d'enfants qui se mit à courir devant un camion, des gens qu'on distinguait de moins en moins bien. Défilé d'ombres à allure variable. Les unes s'empressaient, parfois à la limite du trot voire de la course, d'autres traînaient, hésitaient, sans but précis visiblement, attendaient en marchant.

À nouveau, José tapa du poing sur le métal du portail. La structure résonna puis cessa de vibrer, l'écho se tut. Il répéta son geste, plus doucement, la tête retournée. Ne pas attirer l'attention, que les passants réveillés dans leur marche par le vacarme ne se mettent pas à l'observer. Quelques minutes passèrent, en vain. José recula de cinq mètres et scruta chaque fenêtre de la maison. Pas trace de lumière, pas même une lueur qui indiquerait un début de vie. Le vieux se mêla à l'agitation de la rue, chemina dans le sillage lointain d'un groupe de touristes et revint après un large détour à la porte. Mutisme. Perplexité du vieux. Était-ce du soulagement ? De la déception ? De l'impatience ? Espérait-il encore vraiment que la porte s'ouvre ? Son estomac gargouilla quand ses yeux tombèrent sur une femme qui, à l'angle du pâté de maisons, remuait un bouillon.

La soupe en fumant se dissolvait dans l'air du soir. Le vieux, assis sur un banc, mangeait patiemment, fouillait son assiette, creusait de sa cuillère, repérait les morceaux de viande et de pomme de terre, triait. Mangeur lent et méthodique. À chaque bouchée, il relevait la tête et cherchait qui venait. La cuisinière touillait ses casseroles en appelant le chaland d'une voix de canard haut perchée et retombait dans le silence en mélangeant de plus belle. La confusion du soir stimulait le souvenir et José repensa à ce groupe de voyageurs morts sur le salar pour une simple erreur de calcul. Dans un recoin de l'immensité ils s'étaient perdus et la mécanique avait lâché ou alors ils s'étaient embourbés dans une saumure inextricable, José ne se souvenait pas bien. En tout cas, ils s'étaient retrouvés plantés au milieu de rien, largement au nord de l'Estancia Sinalaco. Ils avaient dû attendre là, faire les projections d'usage, le décompte de l'eau et de la nourriture, mais l'étreinte du temps qui passe se resserrant, ils avaient décidé de s'en aller, éparpillés, chercher du secours. En se dispersant, ils augmentaient les chances de rencontre, c'est ce qu'ils s'étaient forcément dit. Quand il l'avait jugé bon, chacun avait entrepris la marche du retour dans la direction hypothétique du véhicule devenu hors champ depuis des heures. Finalement la voiture avait émergé à l'horizon, infime point noir tendu sur le fil de la blancheur. Ils passeraient une nouvelle nuit, assis en boules dans le véhicule à entendre siffler le vent dans les interstices de la carrosserie. Le lendemain, ils repartiraient et la chance ferait cette fois venir les quelques véhicules qui au loin passeraient comme aujourd'hui. À mesure qu'ils marchaient, certains esprits avaient quand même dû s'inquiéter un peu. La terre qui tournait plus vite allait recouvrir le soleil et toute perspective de voiture disparaître. Quelle distance les en séparait au moment où elle s'était effacée dans la nuit ? Impossible à savoir. Il fallait continuer à marcher, les yeux braqués au milieu de l'obscurité sur le souvenir de la dernière image, la voiture au loin dans un semblant de crépuscule. C'est à ce moment que tout s'était confondu. Insensiblement les trajectoires avaient dévié, étaient revenues sur elles-mêmes parfois, s'étaient perdues. Un seul aurait retrouvé le véhicule et il suffisait qu'il allume les phares ou qu'il fasse brûler un peu d'essence sur un torchon en cas de batterie vide, et tout le monde s'en serait sorti. Ce n'avait pas été le cas. Certains corps avaient pourtant été retrouvés très près, à une centaine de mètres. Les plus chanceux, les plus résistants, les plus capables de marcher à l'aveugle ? Morts quand même. Ils avaient dû s'asseoir, se dire que c'était fini ou qu'ils reverraient le jour puis s'étaient allongés, endormis sans un frisson.

La soupe au fond du plat avait le goût de froid et José en termina à même l'assiette les dernières gorgées de jus.

La nuit venait de se faire et José rôda parmi l'obscurité percée ici et là par les phares d'un véhicule, traversée par le bruit d'un appel ou d'un coup de klaxon. Après de nombreux tours de pâtés de maisons, José en repassant devant chez Viedo vit une ombre se coller à celle de la porte et entrer dans la maison. Viedo chez lui. La porte refermée, José resta planté là, soudain sans savoir que faire ni que dire. Souvent dans les moments critiques, des accès de paralysie le prenaient et le rendaient aussi immobile que les pierres et indifférent que le ciel, aussi impassible que le désert. Quelque chose s'arrêtait, son sang se ralentissait. Chaque seconde s'étirait en une sorte d'éternité qui le mettait à l'abri du cours tumultueux des choses. Ainsi José suivait le fil d'idées lointaines jusqu'à ce que, sans voir arriver le coup, celui de sa peine lui fouette le visage, les yeux écarquillés.

Les alentours devinrent plus flous et José s'aveugla, tout seul dans cette rue qu'il ne connaissait pas, loin de sa maison chaude, démuni. Mais la conscience d'être encore libre avant de frapper à cette porte, de décider ce qu'il voulait le détendit et il profita du calme. Il fit quelques pas, emprunta quelques virages et reprit la construction bancale de l'édifice qu'il avait commencé à imaginer. Inutile d'appeler la police. Le garagiste, bien qu'apparu dans une ombre aussi noire, pouvait être innocent. Qu'allait-il enfin lui dire ? Comment lui extirper de l'information ? Par l'émotion, la compassion, la ruse, la déduction ? Et que faire ensuite de ce qu'il apprendrait ? Et s'il ne savait rien ? Lui indiquerait-on quelqu'un d'autre auprès de qui s'informer ?

Mais sans doute savait-il beaucoup.

Dans une petite ville où tout se sait, la mort fait deux fois plus de bruit, se dit le vieux.

Pour lui, le sort de Gabriel se répétait dans un écho sans fin. Dieu était-il un punisseur implacable, un lâche ou un distrait ? Peut-être n'avait-il pas vu le drame arriver, avait-il eu autre chose à régler, un problème plus important que la vie d'un homme, une tempête à adoucir, une sécheresse à tempérer ? Tout occupé à remuer ces hypothèses, José mit un pied devant l'autre, d'une allure d'automate atteignit la porte qui s'ouvrait juste à ce moment. Viedo sortait. José, surpris, recula d'un pas :

— Don Viedo ?

— Oui.

— José Lopez, dit le vieux en lui tendant la main et en baissant la tête.

— Oui. (Viedo donna à sa tête un mouvement d'approbation méfiante) Qu'est-ce qui se passe ?

— Je crois que mon fils travaillait chez vous.

La main du vieux se serra comme une pierre. La femme de Viedo apparut derrière la porte, sortit son visage de l'ombre et regarda José par l'entrebâillement avec des yeux interrogateurs et une nuance de suspicion inquiète. José la salua, se confondit en excuses pour le dérangement tardif. Il savait bien que ce n'était pas des manières, il n'avait pas l'habitude de sonner aux portes à ces heures-là et il demandait qu'on le pardonne.

— C'est pour quoi exactement ?

— Mon fils, on m'a dit qu'il travaillait chez vous… C'est une affaire grave.

— Comment s'appelle-t-il ?

— Gabriel. Gabriel Lopez.

— Ah !…

Balancements de tête de haut en bas. Mine indéchiffrable.

— Vous le connaissiez ?

— Oui… enfin on a tous entendu parler de cette histoire, c'est ce jeune homme qu'on a retrouvé mort, il y a quelques jours ou deux ou trois semaines, c'est ça ?

— Oui, c'est ça…

— Mais qui vous a dit qu'il travaillait dans mon atelier ?

— C'est un autre fils que j'ai ici, il m'a dit que Gabriel parlait de vous.

— Parler de moi ? Mais pourquoi donc ?

— Je ne sais pas.

— Moi non plus je ne sais pas.

La femme de Viedo, restée derrière, prêtait l'oreille et s'assombrissait. Dans quelle affaire son mari pouvait-il tremper ? Un inconnu se cachait-il en lui, un homme qu'elle ne connaissait pas et avec qui elle vivait tous les jours, avec qui elle prenait ses repas ou faisait l'amour les yeux dans les yeux ? Pour que sa femme n'aille pas s'imaginer quoi que ce soit et qu'elle ne mette pas le doigt dans cet engrenage de doutes où elle le laissait se prendre chaque fois qu'un fait inhabituel se produisait, Viedo fit rentrer José en lui adressant des condoléances émues. Il paraîtrait naturellement innocent. Rassurée par l'air sincèrement grave de son mari dont elle connaissait pourtant l'indifférence face à la mort, elle demanda à voix haute à Dieu qu'il bénisse le vieux, ses enfants, sa femme et le défunt.

— Merci, Madame… Merci… Mon fils a été tué… Assassiné… (Et se tournant vers Viedo) Vous savez quelque chose ?

— Non, je ne sais rien, mais pardon, je ne vous ai pas demandé votre nom.

— José. José Lopez… Vous n'avez pas d'idée ? Vous ne savez rien ? Je suis venu vous voir pour savoir. J'ai besoin de savoir si vous savez quelque chose de ce qui est arrivé à Gabriel. Vous connaissez les gens avec qui il était ? Vous savez quelque chose, non ?

En s'écoutant, José se surprit du rythme de ses phrases.

Viedo eut la même réaction et coupa court :

— Je ne sais rien, don José, nous ne savons rien… Je suis désolé pour lui… Je suis sûr que c'était un bon fils. On a appris ça dans les journaux.

Que voulait-il dire ? Qu'il avait appris par les journaux que Gabriel était bon ? Le journal avait-il vraiment écrit ça ? Le vieux alors se ressaisit.

— Depuis quelque temps, il avait un peu plus d'argent que d'habitude. Vous savez comment il le gagnait ?

Viedo dévisageait l'âme du vieux. Faisait-il semblant de ne pas comprendre ? Fonçait-il dans son chagrin tête baissée ? Lévitait-il dans ses pensées ?

— Vous voulez quelque chose à boire ?

— Non merci, Madame.

— Vous êtes sûr ? J'ai de l'eau chaude, je vous fais un petit *maté*.

Viedo relança, chanceux de pouvoir jouer sa deuxième carte. Après la compassion, la condescendance :

— Mais oui, don José, prenez quelque chose avant de repartir, vous n'allez pas reprendre la route comme ça, hein ? Triste et le ventre vide. Vous allez attraper froid et nous, on se sentira mal, tenez, venez vous asseoir, venez, là vous serez mieux.

Et il tendait son doigt vers un siège où il faisait mine d'avancer.

Quand il repasserait le seuil de la porte, le vieux irait jusqu'à dire merci, Viedo, tout en étalant sa fausse sollicitude, se le disait.

Sa femme approuvait du regard, mais repensait au « nous, on se sentira mal » de son époux et trouva l'expression désaccordée et se demanda *qu'est-ce que c'est que ça ?*

José, d'un non murmuré, hochait la tête. Il éprouvait son isolement dans cette pièce étrangère, sous le fardeau de sa peine qui l'étreignait comme les serres d'un oiseau de proie prêt à l'enlever.

Tout à coup, sa présence dans cette maison devint vide de sens. Pour l'aider à partir, Viedo se dirigea vers la porte et s'y posta, la main presque sur la poignée, prêt à renvoyer le vieux dans sa nuit où il allait poursuivre un but qu'au fond de lui il commençait à ne plus vraiment voir.

— Si on peut vous aider à quelque chose, on fera tout ce qu'on pourra pour vous, don José. (Un fragment de seconde) Ah ! Si. Attendez, je crois me souvenir. Attendez… Il me semble que j'ai entendu parler d'une histoire. On m'a parlé de ça, d'un accident, une voiture retournée…

— Comment ça ?

— Attendez, oui, je crois bien c'était un certain Gabriel, comme votre fils, il a eu un problème à cause d'un accident, une voiture de touriste, il me semble, enfin je ne sais pas. Le problème c'est qu'ensuite le garage a fermé et le propriétaire, attendez voir, ho ! Non je ne sais plus… Si ! C'est un certain German, par contre je ne connais pas son nom, il faut demander.

— Faites un effort, s'il vous plaît, essayez de vous souvenir, il y a forcément quelque chose de plus…

— J'aimerais bien, don José, j'aimerais bien, mais non.

Les bras du vieux pendaient. Comme il restait là, les pieds enracinés, les jambes en pierre et des rêves diffus de sommets de montagne en tête, Viedo ouvrit la porte, eut en tête le réflexe de dire « merci de votre visite », mais se retint de justesse.

— J'espère que vous trouverez ce German. Bonne chance.

L'homme sentait la bonne foi, poli, aimable, après tout il le raccompagnait jusqu'à la porte, car il n'y avait rien à faire d'autre. Paisible et déchirant. À quoi se raccrocher ? *À un German dont l'atelier a fermé et qu'il faut trouver dans le dédale de ces avenues toutes semblables ? Ne pas savoir est sans fond,* se dit le vieux. Il porta la main droite à son poignet gauche, dégagea sa montre de sous la manche. 19 heures. Il releva son bras et baissa la tête vers la vitre du cadran, griffée et gondolée par les années. 20 h 10.

— Merci, Monsieur, merci, Madame.

Et il se courba légèrement vers l'avant.

— Au revoir, Don José.

La porte se referma, il se retourna, les lumières de la maison s'éteignirent. *Un certain German*, se répéta le vieux. Connaissait-il quelqu'un de ce même nom ? Il en compta neuf. Se souvenait-il d'un German qu'il ne connaîtrait que par ouï-dire ? Non, apparemment non. José marchait pour que ses idées se mettent en train. L'activité, dans la rue, s'amenuisait. Dans le pas des gens, l'allure décidée du retour à la maison. Ses jambes à lui, alourdies par le piétinement de la journée, flageolaient, son esprit pesait et José clignait des paupières. Aux yeux du vieux, la coupe débordait. La réalité prenait les dimensions d'une montagne immense qui ne cesse de croître. Comment s'y retrouver ? Trouver ce German ? Il le fallait de toute façon. Sans cela la mort ne pourrait l'emporter. Il ne pourrait pas se coucher un soir dans son lit, décider de tout quitter sans regret, sans inquiétude, renoncer au sommeil et au réveil sans rechigner, ce ne serait plus possible. Tant qu'il ne saurait rien sur le décès de son fils, sa propre mort se déroberait à lui éternellement et le condamnerait à l'enfer d'une vieillesse impossible.

José aborda un passant, essaya de s'expliquer, en vain. Ce soir, il ne trouverait pas. Qui, dans l'ombre, répondrait à un inconnu qui demande ? Le ferait-il lui-même ? Et puis ensuite, quoi ? Se rendre à un garage fermé à une heure tardive ? Y aurait-il des gens autour pour le renseigner, des *tiendas* ouvertes ? Et même s'il parvenait chez ce German, que se passerait-il ensuite ? Se sentait-il d'attaque pour une nouvelle rencontre serrée comme une corde autour du cou ? À cette heure ? Dans la ville sur le point de s'endormir ?

Mieux valait renoncer et remettre à demain.

Marcher pour voir où dormir.

Une curieuse douceur se répandait dans les rues, presque aussi consistante qu'une eau chaude. Inhabituelle en cette saison. Une espèce d'été indien au milieu de l'hiver, comme les fenêtres de sécheresse qui s'ouvrent parfois pendant la mousson.

José, assis sur un banc dans une grande place, se sent fatigué. Il a bu un peu, mais n'a pas beaucoup perdu en lucidité, il se sent juste un peu abruti. Au-dessus de lui, le ciel fait des étincelles, des comètes passent comme des éclairs au milieu d'un nuage. Il peut se reposer là et puis aviser plus tard. José s'enroule dans sa couverture, il ferme les yeux. Un courant d'air attiédi circule dans les avenues, créant une bulle.

Une heure plus tard, endormi, remuant les pieds, rapprochant les épaules du cou, le bonnet enfoncé sur la tête, José se dit dans un demi-sommeil que le froid revenait.

9

Le vent soufflait et balayait la poussière, ici ou là des feuilles voltigeaient, des papiers gras, des bouts de publicité déchirés, tout un automne de paperasse. José rêvait. Autour de la place, des eucalyptus dont les feuillages tombaient par grappes remuaient dans le vent. Le ciel, de ses milliards d'yeux, regardait tout cela. Le cerveau de José, en fréquence calme, fit apparaître, dans la lumière et la soif d'un midi lointain, ses enfants jouant dans la cour. On entendait rire. Carla, la plus silencieuse, s'amusait dans son coin, tournait et retournait ce qu'elle avait dans la main. Parfois elle se levait et allait dire un mot à l'oreille d'Hector qui secouait la tête. Gabriel fouillait comme une fouine infatigable. On ne savait pas après quoi il en avait, mais il cherchait. Il passait ses journées à ça. Il arpentait, décrivait des courbes, allait dehors, faisait le tour de la maison, parfois parlait à ses frères et sœurs, reprenait sa marche, gambadait et faisait un autre tour de village. L'image sauta et José vit Gabriel attablé, manger, parler sans se faire entendre. Impossible aussi de lire ce que les lèvres de son fils disaient. La conscience qu'il était mort avait rendu Gabriel muet quand il apparaissait dans ses rêves. Pourtant il s'évertuait, continuait d'expliquer, bras tendus, couteau et fourchette levés vers le ciel, il tentait de faire entendre à son père quelque chose. Sa tête s'enflait. Que voulait-il ? Se plaindre d'un camarade d'école ? Se faire pardonner de mauvais résultats à l'école ? Peu probable, se disait José dans son rêve. Essayait-il de convaincre son père qu'Hector, de deux ans son aîné, méritait châtiment ? Le vieux ne savait que penser, se rapprochait de la figure de son fils, les yeux et les oreilles attentifs à la bouche qui parlait.

— Qu'est-ce que tu dis ?

José se réveilla. Les yeux plissés, il essaya de percer le secret du silence de son petit, en vain. Revenir au fil du rêve, se dit-il, espérer en tirer quelque chose. Il se rendormit.

Propulsé devant un bureau, la machine à écrire d'un commissariat dont les touches crépitaient. Déposition, plainte, les bras posés sur la table, l'air aussi sûr que décidé, il expliquait au policier :

— C'est un meurtre ! Il faut retrouver l'assassin, et vite fait. C'est simple, Viedo, German et les autres, ils savent quelque chose, il y a forcément un fil à remonter. En tout cas, Monsieur l'Officier, vous savez que je vous fais confiance.

L'homme le regardait, imperturbable, et répondit :

— Soyez bien certain que nous allons le trouver, don José. Moi je connaissais votre fils…

— Comment vous appelez-vous ?

— German… Oui, c'est bien ce que je vous dis, German. Je vais m'informer, demander à ceux qui le connaissent d'un peu plus près. Ne vous inquiétez pas, don José, on finit toujours par les retrouver, les assassins. Ils finissent toujours par payer. Et payer cher.

Et il montrait la crosse de son revolver.

— Oui, ils payent cher, ajouta de derrière, dans l'ombre d'un coin de la pièce, Pardo qui venait d'arriver. (Il prenait des poses de tout-puissant, de sauveur des pauvres et de défenseur implacable du droit) Je suis l'ami des morts, don José, vous m'entendez ? L'ami des morts !

Quant aux meurtriers, oui, ils paieraient cher. Même s'il fallait mobiliser tous les moyens, on les trouverait et ils lui seraient livrés, attachés, sur une chaise, ici même, dans cette pièce et il en ferait ce qu'il voudrait.

La pièce se vida de tout, personnes et objets. Les murs verts, lisses et brillants dans la lumière blanche. Les coupables ligotés par terre, un torchon dans la bouche et le regard plein d'interrogations. José les regardait, léger de sentir qu'il en ferait ce qu'il voudrait. Les liquider tout de suite, à coups de bâton jusqu'à ce que mort s'ensuive… Non… Pas tout de suite… Lentement il les tuerait, pour qu'ils se sentent mourir. Il les torturerait. Autour de lui, dans la pièce il chercha ce qu'il pouvait utiliser. Le parquet lisse. Il s'agenouilla, l'examina de plus près dans l'espoir d'y découper des échardes. Non, les lattes de bois, parfaitement ajustées, n'offraient aucune prise et le vieux se releva. Il constata que l'un des assassins enlevait aux deux autres leurs menottes. Quand les trois, relevés, l'air souriant, se mirent à le fixer droit dans les yeux, José prit la tangente et sortit de son rêve par l'issue de secours, d'un sursaut.

Tués comme ça, torturés, ils auraient forcément le pardon de Dieu qui verrait leur faute expiée. « Venez par ici, les enfants, vous en avez suffisamment bavé. Vous avez payé cher, c'est sûr. Et puis on n'a pas le droit de se venger, c'est Dieu, le justicier, allez ! Vous devez être morts de froid, entrez par ici, venez, vous allez vous réchauffer... » Voilà ce qui se passerait, se dit le vieux, calé sur son banc, allongé, le souffle régulier et la tête coincée dans son bonnet sous la couverture. De loin, on voyait un tas d'ombre qui s'enflait par moments. Il se resserra sur lui-même et se rendormit, se retourna et prit le chemin d'un nouveau rêve.

Au coin de la place, en armes, Horacio Pardo attendait, adossé contre un mur, que quelque chose se passe. En une fraction de seconde, il se retrouva contre José, la bouche collée à son oreille, à murmurer quelque chose de sa voix d'ange – quelque chose que José, plongé dans son sommeil, n'entendait pas. Le vieux rêvait qu'il dormait et désespérait de ne pas se voir, dans cette situation cruciale, écouter, demander. Alors, mais très discrètement, il se fit l'espion de ce que Pardo lui disait et s'approcha de la scène pour entendre de plus près ce que le lieutenant susurrait à son double. Mais on n'entendait rien, les mots s'échappaient, se perdaient, dissous dans la nuit. José s'approcha de lui-même pour se réveiller et se lever, mais rien à faire. Son double dormait du poids de la pierre.

Alors la voix de Pardo perça l'air et José recolla à lui-même. L'officier parlait, le timbre assuré, la voix posée, le geste précis et le regard juste. De temps à autre, une lueur passait sur son visage et José voyait affleurer le sourire de la force pernicieuse sous le masque de la bienfaisance. Pardo ressemblait à ce Dieu que le vieux maudissait autant qu'il le craignait et l'admirait. Le revolver en poche et la gentillesse infinie de la miséricorde. Il parlait.

— Bien… Tout ira très bien… Tout ira très bien. D'ailleurs, on a déjà quelques pistes. Difficile de vous en dire plus, en réalité. Vous comprenez, c'est le secret de la recherche.

2 heures, plus âme qui vive. Le froid soufflait. José se recroquevilla un peu plus, se recouvrit entièrement de la couverture. Il cherchait à rentrer sa tête. Heureusement, l'aube ne tarderait pas. Les premiers rayons de soleil frapperaient son dos et il s'éveillerait le corps chaud. Au moment où dans une rue voisine José entendit le bruit caractéristique d'un moteur de bus en fond de première, son esprit sombra et repartit vers des territoires inexplorés. Car le rêve est une aventure, réellement. C'est de la projection dans un corps immobile, de l'énergie qui traverse l'inerte. De là le mouvement fou et tendu qui l'anime. Dans ce nouveau voyage, les montagnes scintillaient, baignées par la confiance du firmament. Les territoires du salar se déployaient bien au-delà de l'horizon, prolongeant à l'infini la vacuité du désert, sa lumière aveuglante et sa cruauté lente. Nulle trace de vie, pas même dans les airs. Les oiseaux avaient déserté l'endroit et s'étaient nichés dans un coin d'oubli. Brusquement, les yeux plissés sous la visière de la casquette, s'approcha, dans la pâleur livide de midi, Pardo, toujours lui, qui ramenait avec quelques amis un type contraint d'avancer à genoux et tenu en laisse.

— Voilà le chien qui a tué ton fils. (Et il assena au coupable un coup de pied qui le précipita face contre terre) Voilà le vieux dont tu as tué le fils, sale chien. Demande-lui s'il te pardonne. Mais raconte-lui d'abord comment tu t'y es pris. Hein ? Raconte comment tu l'as terminé, comment tu l'as achevé ! Raconte ça et demande pardon.

Pardo, transfiguré, avait les traits tirés de la vengeance haineuse. Il tendait à José une massue cloutée. José la prit, la soupesa, l'enchevêtrement de clous rendait le dispositif létal. José aurait voulu pouvoir bouger rapidement, en rythme accéléré, mais impossible de s'arracher à la torpeur, son corps engourdi le freine. Puis ce fut le déclic, un bruit de sang qui implose, le corps plus léger que les années, José tapait sur la tête du type, mû par les débordements convulsifs d'une colère que Pardo attisait, secouait, en disant :

— Allez ! Allez ! Frappe-le ! Frappe-le plus fort ! Fais saigner cette vermine ! Et toi, le chien, demande pardon. Ose demander pardon !

La victime, dont le sang coulait de la tête déchiquetée et s'étalait comme une tache d'impureté, était morte depuis longtemps quand le vieux arrêta de frapper. Il releva la tête, croisa le regard de Pardo qui s'exclama, entre rire et stupeur :

— Mais ce n'est pas lui, l'assassin, don José ! Ce n'est pas lui. Vous vous êtes trompé !

Et il éclata d'un rire sonore, gorge déployée. Dans l'ombre de la place où il dormait, José remua. Il avait du sang sur les mains, il le sentait dans son rêve, ses doigts poisseux collaient et Pardo le considérait des pieds à la tête d'un regard accusateur et surpris : « Mais qu'est-ce que tu as fait ? » José laissa tomber son arme qui se planta par terre, essaya de recouvrir de poussière les giclées de matière cérébrale qui jonchaient le sol. Pardo le toisait comme un enfant qu'il allait falloir punir, l'œil sévère. Il faisait forte impression à José, d'autant qu'il avait porté la main à son ceinturon, à hauteur de revolver. José était coupable de meurtre, qui plus est du meurtre d'un innocent et, quand il se vit menacé d'arrestation, il prit le chemin de la fuite, celui de la réalité. Ses yeux, lourds et anesthésiés par le froid, s'ouvrirent.

Tant bien que mal, il fit un effort pour se relever, se retrouva assis, secoua ses pieds, remua ses membres ankylosés. La nuit lui parut belle, hospitalière et chaleureuse. La paix de la terre. José respira profondément l'air gelé, chercha les détails de son rêve et sursauta au souvenir de ses visions d'horreur. Cette exécution serait-elle prémonitoire ?

Au loin, une femme marchait en dandinant de la jupe et entra dans la rue d'en face dont la perspective était bouchée par le sommet d'une colline. Le vent froid faisait vibrer les feuillages. José pensa à Marina, vit ses yeux. Il ne lui avait pas dit qu'il ne reviendrait peut-être pas cette nuit et qu'elle dormirait seule. Elle devait s'inquiéter, se retourner dans son lit, s'asseoir, prêter l'oreille, mettre ses chaussures et aller voir dehors si deux phares ne viendraient pas trouer la pénombre laiteuse du salar. Elle devait se recoucher sans retrouver le sommeil, se relever pour aller à la fenêtre, ranger deux trois choses qui traînaient. Elle devait repasser devant la fenêtre pour y jeter un coup d'œil, elle devait penser au mauvais coup que lui avait encore fait son maudit mari. Sans doute proférait-elle des grossièretés à voix haute et l'accueillerait le lendemain, bien qu'inondée de joie et de confiance, avec la mine des très mauvais jours. José sourit.

À nouveau il se rendormit. Son souffle devint plus régulier et sa respiration plus lente. Le vieux goûtait le repos. Il dormait d'un sommeil cette fois-ci vide de rêves, exempt d'images et de voix. Il voyageait dans un monde de silence, d'ombre, de pur oubli. José ne savait plus où il était.

Sur la place déboula une voiture qui roulait à vive allure, suivie d'une seconde puis d'une troisième. À leur bruit, José repartit une nouvelle fois dans ses rêves et se retrouva à la sortie d'Uyuni, le long des rails du chemin de fer qui s'enfonçaient dans la platitude jaunie du désert. Le métal brillait. Parfois il jetait, sous certains angles particuliers du soleil, un éclat. José avançait, ou plutôt il mettait juste – parce qu'accablé de chaleur – un pied devant l'autre de temps en temps. Les rails bougeaient, soit parce que la lumière les faisait gondoler, soit parce qu'ils annonçaient le tout prochain passage d'un train. Le chemin s'étirait et José sentait sa gorge allumée par la soif. Ses paupières brûlantes passaient et repassaient devant ses yeux. Il dériva, laissant les rails s'effacer dans les mirages que formait le jour, puis il revint, chaotique, attentif à chaque pas qu'il faisait, sur la ligne du chemin de fer. Pardo, à quelques mètres de là, le héla : « Don José, don José. Il faut que je vous parle ! » Il paraissait avoir couru très longtemps, la sueur perlait sur son front et il respirait par à-coups. Arrivé près de José, il cessa de haleter, se redressa brusquement et dégaina son revolver qu'il pointa sur le nez du vieux. Celui-ci regarda autour de lui, les mains en l'air, et vit que tout, mais absolument tout se suspendait. On lui parla. On lui rappela qu'un coupable, ça trinquait, et qu'un cauchemar devait toujours aller jusqu'à sa fin. Alors un grand vacarme se fit, le bruit assourdissant d'une explosion confondue au grincement de roues métalliques. Un grand train apparaissait, émergeant de son mirage. Le train de La Paz qui s'arrêtait et dont descendit, dans son plus beau costume, avec sa plus belle cravate et sa promesse d'aurore, Jésus, son fils, sa fierté, dans la lumière de midi régnant.

José, par cette nuit de rude hiver, sur son banc, à l'ombre de quelques arbres, sous sa couverture et ce toit de nuit trop profonde, venait de mourir de froid.

À propos de l'auteur

Naissance : 1973.

Profil sociologique : bourgeoisie classe moyenne.

Profil professionnel : plutôt à la mode, voire carrément en vogue, prof. Coup de pouce de la chance, ça se passe au collège franco-bolivien de La Paz.

Profil psychologique : enfance heureuse, adolescence plutôt tardive. Égoïsme raisonnable, violence intérieure assez forte, mais tempérée par un fond qui essaie de pencher du côté de la gentillesse. Considère l'autre comme son égal et se soucie de lui faire du bien. En dépit de quelques écarts, encore une fois. Spirituel, mais pas toujours, amateur occasionnel d'humour lourdingue. Travaillé, comme tout un chacun, par le sort de notre espèce. Poète a priori ; romancier aussi.

Lectures de prédilection : Hugo, Willocks, Flaubert, Garcia Marquez, Harrison, McCarthy, le journal *L'Équipe*.

Hobbies : jouer dans les vagues, faire des longueurs en piscine, pour la sensation de légèreté. Skieur parfois imprudent, revers à une main au tennis, footballeur à performances irrégulières. Possibilité de promenades à moto sur les chemins de Bolivie avec pique-nique inclus.

Généralités : installé à La Paz depuis une bonne dizaine d'années. Amoureux du pays d'où sont aussi mes enfants et ma compagne. Lieux de prédilection : avant tout le salar de Thunupa (ex salar d'Uyuni), l'Altiplano en général et La Paz en particulier. C'est de là que vient *Vents froids*.

Retrouvez tous les titres et l'actualité des Éditions HJ :

Sur notre site Internet :

http://www.editionshelenejacob.com

Sur Facebook :

https://www.facebook.com/EditionsHJ

Sur Twitter :

https://twitter.com/EditionsHJ